ORDRE

ET DÉSORDRE,

o u

LES DEUX AMIS.

ORDRE
ET DÉSORDRE,

OU

LES DEUX AMIS;

Par Henri V.....n.

Nihil est aliud benè et beatè vivere, nisi honestè et rectè vivere. Cicer. Parad. *Op. omn. t.* 4 *, p.* 531.

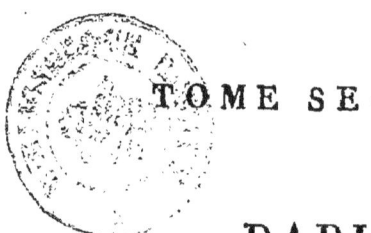

TOME SECOND.

PARIS,

Gabriel DUFOUR et Cie. , libraires , rue des Mathurins St.-Jacques, n°. 7.

1811.

ORDRE ET DÉSORDRE,

ou

LES DEUX AMIS.

———

Revenons à Saint-Léon que nous avons laissé très-épris de la comédie bourgeoise, et plus encore des actrices qui en étoient l'ornement. Il fut exact à se rendre chez madame de Puisieux, qui le reçut avec un petit air sérieux, et formant un contraste piquant avec sa folie de la veille ; mais la veille on étoit à la campagne. Elle eut beau cependant vouloir s'armer de la gravité d'une maîtresse de maison, Saint-

II.   I

Léon la fit revenir, malgré elle, à sa vive gaieté de *soubrette*. Le *duo* fut répété, étudié; et quoiqu'il allât très - bien, Saint - Léon assura qu'il avoit encore besoin d'être chanté souvent, et demanda à venir le lendemain. Madame de Puisieux, qui attachoit aussi beaucoup d'importance à l'exécution parfaite de ce *duo*, invita Saint-Léon à venir dîner, pour avoir plus de temps à bien saisir les *forte*, les *crescindo*, les *piano*. Du reste, c'étoit un dîner sans aucune cérémonie; il n'y auroit que les deux chanteurs, et c'étoit absolument pour l'amour.... de la musique. Il vint des visites, Saint-Léon s'enfuit; son équipage le transporta rapidement dans diverses maisons, où il se fit écrire; et arriva chez la comtesse de Campo-bello.

La belle Fiorina ne comptoit pas
recevoir de visites ; mais Saint-Léon
ayant fait demander à la voir, il
fut admis dans un petit appartement, de la dernière élégance, où
la jeune comtesse se retiroit, quand
elle vouloit être seule. Deux dames,
parentes de Fiorina, et qui habitoient avec elle, lui tenoient compagnie, et s'occupoient, ainsi qu'elle,
de petits ouvrages de femmes, plus
gracieux qu'utiles. Saint-Léon admiroit la divinité de ce petit temple. Le négligé ne lui étoit pas
moins favorable que la grande parure ; et sa beauté lui paroissoit sur-
passer celle de toutes les autres femmes du cercle de madame de C***.
Une belle harpe étoit dans un coin
de l'appartement. Après quelques
instants de conversation, Fiorina lui

parla, de nouveau, de ses talens dramatiques, et ajouta qu'elle avoit
entendu vanter à madame de C***,
celui qu'il possédoit sur la harpe,
et qu'il seroit bien aimable, s'il vouloit essayer un instrument qu'elle
n'avoit que depuis quelques jours,
et qu'elle n'étoit pas capable d'apprécier. Saint·Léon s'y prêta de
bonne grace, et Fiorina, en l'écoutant, paroissoit ravie à la fois, des
sons de l'instrument, et de celui
qui le jouoit. Il fallut qu'il essayât
de chanter des airs italiens. Fiorina
lui en indiquoit le chant, et s'abandonnoit au plaisir de les entendre
accompagner par une main savante.
Cette espèce de solitude, où elle se
trouvoit avec Saint-Léon, loin des
yeux d'un cercle, qui assujettit aux
règles sévères des convenances, les

actions et même les regards, l'en-
traînoit à suivre sans y résister, le
penchant que Saint - Léon lui avoit
inspiré, dès le premier instant qu'elle
l'avoit aperçu. Il y avoit dans ses
yeux une expression si tendre, que
Saint-Léon ne put s'y méprendre;
l'idée d'être aimé le rendit plus aimable encore. Cette langue italienne,
qui se mêloit à la conversation, lui
faisoit trouver l'Armide du Tasse,
dans Fiorina, dont le vêtement léger
et peu fermé favorisoit sa beauté.
Il ne put s'empêcher de le lui faire
connoître. Il parloit très-bien de la
littérature italienne, et Fiorina prenoit le plus vif intérêt aux louanges
qu'il y donnoit. Que j'aime, lui dit-
il, en la regardant avec des yeux
passionnés, et en baissant la voix;
que j'aime ces deux strophes, où le

Tasse peint quelques-uns des charmes d'Armide [1]!

« La neige éblouissante de son beau cou paroît sans voile ; c'est de là que l'amour excite et lance ses feux. Son sein naissant laisse voir une partie de ses voluptueux contours ; un vêtement jaloux cherche à dérober l'autre ; mais, s'il arrête les yeux, il ne résiste point à la pensée amoureuse, qui, non contente d'une beauté extérieure, pénètre encore dans les trésors qui sont cachés.

« Comme un rayon de lumière traverse l'onde et le cristal, sans les rompre ou les diviser, de même, la pensée ose se glisser sous le voile, et contempler les charmes qu'on veut lui dérober. Elle s'y égare, elle examine avec détail l'essence de tant d'attraits, et vient ensuite augmenter l'ardeur des désirs, par le récit et la description qu'elle en fait.

[1] Mostra il bel petto le sue neve ignude,
Onde il foco d'amor si nutre, et desta :
Parte appar delle mamme acerbe, e crude,
Parte altrui ne ricopre invida vesta.

Ces attraits, répondit Fiorina, un peu troublée, ne purent arrêter cependant l'infidèle Renaud. Ah! madame, dit Saint-Léon, c'est qu'Armide ne vous ressembloit pas.

Les heures avoient fui avec rapidité. Saint-Léon, charmé de la beauté et de l'esprit de Fiorina, oublioit tout autre engagement. Une pendule sonna minuit; il demanda mille pardons d'avoir été importun

Invida, ma s'agli occhj il varco chiude,
L'amoroso pensier giù non arresta;
Che non benpago di bellezza esterna
Negli occulti secreti anco s'interna.

Come per acqua oper cristallo intiero
Trapassa il raggio e no'l divide o parte,
Per entro il chiuso manto osa il pensiero
Si penetrar nella vietata parte:
Ivi si spazia, ivi contempla il vero
Di tante maraviglie a parte a parte;
Poscia al desio le naria e le descrive
E ne fa le sue fiamme in lui più vive.

aussi long-temps. La comtesse lui
répondit obligeamment à cet égard·
Elle avoit dit devoir aller le lendemain à l'opéra. Saint-Léon avoit
été sur le point de lui offrir sa main
pour l'y accompagner; mais il s'é-
toit rappelé madame de Puisieux,
et malgré le plaisir qu'il trouvoit
dans la société de celle-ci, ce souvenir l'avoit contrarié dans ce moment.

Après avoir quitté la belle comtesse, Saint-Léon courut chez mademoiselle D***, qui l'attendoit, et
qui avoit de grands reproches à lui
faire, sur l'indifférence qu'il lui
avoit témoignée depuis quelque
temps. Mais un collier de diamants
qu'il avoit sur lui, pour le lui donner, devoit le faire paroître plus
tendre que jamais. En effet, les re-

proches expirèrent sur les lèvres de mademoiselle D * * *, aussitôt qu'elle vit briller le précieux cristal. C'étoit une bagatelle de quinze mille écus.

Le lendemain, après un déjeuner, au bois de Boulogne, donné à cinq ou six excellents amis, à la suite d'une course de chevaux, où Saint-Léon avoit parié et perdu quelques centaines de louis, il se rendit chez madame de Puisieux.

On lui avoit tenu parole, il n'y avoit que deux couverts. Le dîner exquis, fut encore assaisonné par les graces et la gaieté pleine d'esprit de la maîtresse de la maison. On parla de musique, de la comédie bourgeoise, légèrement de madame de C**, et beaucoup de l'opéra qu'on alloit jouer ; et on se disposa à bien répéter le *duo*. On le chanta plusieurs fois, et on finit par être si bien d'*accord*, que Saint-Léon eut lieu de trouver que l'opéra bourgeois étoit tout aussi agréable que la comédie. Après une soirée, consacrée tout entière à sa nouvelle conquête, Saint - Léon s'échappa, pour arriver à l'opéra, avant la fin du spectacle. Plus léger, plus volage que le papillon, toutes les belles sembloient avoir droit à son hommage, sans pouvoir ne le fixer que quelques instans. L'imagination étoit chez lui, plus éprise que le cœur. La chimère de bonheur qu'il s'étoit créée, ressembloit à une sorte d'ivresse, et à un étourdissement continuel. Il couroit après le plaisir du moment, et croyoit, par la multiplicité de ses liaisons, pouvoir re-

nouveler souvent ce moment si fu-
gitif, et qui échappoit presque toujours à ses poursuites empressées.

A l'opéra, qui n'étoit pas tout à
fait achevé, il chercha la jeune comtesse de Campo-bello, et l'aperçut
bientôt dans une loge, brillante d'attraits et de parure; il alla augmenter le cercle de ses admirateurs.
Il crut remarquer que Fiorina le
recevoit froidement. Il parvint à
s'approcher d'elle, et reconnut
qu'on lui savoit mauvais gré de paroître aussi tard.... La musique du
nouvel opéra étoit délicieuse; on
étoit surpris qu'un amateur, *un'
dilettante*, *un' virtuoso*, comme
Saint-Léon, ne fût pas venu des
premiers, pour écouter ce chef-
d'œuvre. Saint-Léon jouissoit de ces
reproches; car il commençoit à ac-

quérir de la théorie. Il s'excusa sur
des empêchements indispensables;
et assura que la musique la plus
délicieuse de l'opéra, ne valoit pas,
pour lui, un air italien, chanté par
une jeune dame de la chaussée
d'Antin, dont le son de voix le faisoit tressaillir, et.... alloit..... jusqu'à
son cœur. En disant cela, il étoit
placé derrière la chaise de la comtesse, et n'étoit entendu que d'elle:
et cette dame, dit celle-ci, en baissant les yeux, *come si chiama* [1] ?
Saint - Léon murmura doucement
le nom de Fiorina. Il put facilement
remarquer l'impression que cet
aveu faisoit sur la jeune comtesse,
qui ne répondit que ces mots,
qu'elle lui avoit adressés déjà chez

[1] Comment se nomme-t-elle ?

madame de C*** : *signor sapete ben'
fingere;* mais les accompagnoit d'un
soupir et d'un regard, qui ne té-
moignoient aucun courroux.

Le spectacle fini, Saint-Léon fut
assez empressé et assez adroit, pour
donner la main à Fiorina, qui avoit
une cour nombreuse. Il la recon-
duisit à sa voiture. Elle lui rappela
qu'elle avoit du monde le lendemain, et qu'elle comptoit qu'il se
rendroit à l'invitation qu'elle lui
avoit déjà faite. Il protesta de son
empressement à s'y rendre, et ne
put s'empêcher de presser, mais très-
légèrement, la main de Fiorina.

Saint - Léon devoit avoir besoin
d'un peu de repos, après l'agitation
du tourbillon qui employoit ses
journées; cette agitation étoit précisément son existence. Il n'osoit

plus réfléchir; et ses yeux ne s'abandonnoient au sommeil, qu'entourés des objets qui, dès son réveil, s'emparoient de ses premières pensées, pour les diriger sur la carrière voluptueuse, mais futile, dangereuse, et bientôt malheureuse, où il s'étoit jeté.

Il ne sortoit des liens de la beauté que pour tomber dans ceux d'amis faux et perfides, dont les moins coupables l'aidoient à consommer sa fortune, dans les délices d'une table épicurienne. Les plus dangereux, les plus pervers, l'attiroient au jeu; lui tendoient des pièges, auxquels il se livroit avec toute la franchise, toute la générosité de son caractère; et n'attendoient que le moment, peu éloigné, où il ne lui resteroit plus rien, pour l'abandonner, et ajouter la dérision et les railleries, à leur atroce trahison.

Enclin à prêter aux autres un fond de loyauté et de franchise, Saint-Léon se croyoit entouré de véritables amis; le cercle de ceux qui recherchoient, auprès de lui, les plaisirs de la table, y mettoit moins d'intentions coupables. Ils avoient fait la plupart comme ils le voyoient faire, et après s'être ruinés dans la poursuite des mêmes plaisirs, ils venoient l'aider à augmenter leur nombre. Les bons mots, les saillies animoient la gaieté des convives. Que la joie embellisse ces lieux, disoit Saint-Léon; la vie est courte... il faut l'embellir.... Soyez gais, mes amis, je jouis de vos plaisirs, et les flots des vins les plus recherchés animoient la troupe tumultueuse.

Honneur à Saint-Léon, s'écrioient-
ils! il sait apprécier la vie ce qu'elle
est; il connoît les plaisirs de l'amour
et de l'amitié. Les vers, les chansons célébroient l'aimable Amphi-
tryon. Des couronnes de fleurs or-
noient la tête des convives; Saint-
Léon aimoit à rappeler, dans ces
réunions bacchiques, les délices de
la Grèce, et la raison s'y perdoit,
au milieu des étincelles de l'esprit
et de la gaieté. Allons, notre aimable
maître, lui disoient les prétendus
disciples, commence l'hymne de
l'amant d'Erigone, et nos voix sui-
vront la tienne. Saint-Léon recou-
roit encore à Anacréon, et chan-
toit une de ses odes. On aimoit à lui
faire répéter celle-ci, qui étoit d'accord avec les sentiments de la troupe
joyeuse.

ODE IV D'ANACRÉON.

Επι μυρσιναις τερειναις

Ier. Couplet.

Couché sur le verd feuillage
Du myrte et de l'olivier,
D'un délicieux breuvage ,
Je veux me rassasier.
Je veux que l'Amour lui-même ,
Me tenant lieu d'échanson ,
Dans les flots d'un vin que j'aime,
M'aide à perdre la raison.

II.

Ainsi que la roue agile
D'un char qui passe et s'enfuit ,
La vie, ainsi trop fragile,
Se hâte et bientôt finit.
Une humble et vaine poussière
Remplace des noms fameux ;
Pourquoi donc charger la terre
De ces marbres orgueilleux ?

III.

PENDANT que je vis encore,
Je me couronne de fleurs;
La maîtresse que j'adore
Me prodigue ses faveurs.
Loin de moi, sombre tristesse !
Avant de finir mes jours,
Je veux savourer l'ivresse,
Et du vin et des amours.

Ces réunions chez Saint - Léon,
n'avoient pour objet que le plaisir
et il s'y rencontroit; mais les autres
amis de Saint-Léon, qui avoient des
vues plus profondes, et qui en vou-
loient directement à sa bourse, l'attiroient tour-à-tour chez l'un d'eux,
sous le prétexte d'un banquet ami-
cal. Le festin étoit animé par une
feinte cordialité; mais aussitôt qu'il
étoit terminé, une autre table se
dressoit : le tapis vert offroit la cou-

leur trompeuse de l'espérance, pour
mieux déguiser les projets du crime.
Saint - Léon , le beau Saint - Léon à
l'œil brillant, à la bouche riante,
à la physionomie attrayante, étoit
entouré d'hommes pâles, aux yeux
caverneux et louches, au visage
sombre et sinistre, qui dévoroient,
avec avidité, l'or que leur aveugle
victime, abusée par leur adresse,
versoit devant eux. Quand fatigué,
harassé de la monotonie du jeu,
encore plus que de ses pertes, Saint-
Léon se retiroit, leurs yeux avides
sembloient vouloir percer jusqu'au
fond de sa bourse ; ils regrettoient
le peu dè pièces d'or qu'il conser-
voit encore, et ne s'en consoloient
que dans l'espoir de le dépouiller
bientôt de nouveau.

A l'assemblée chez la comtesse de

Campo - bello, il y trouva madame
de C*** et madame de Puisieux ; la
première étoit un peu piquée de ce
qu'il avoit laissé passer quelques
jours sans la voir, mais il fit sa paix,
en promettant d'être plus assidu.
Madame de Puisieux sembloit vouloir l'attacher à ses côtés, et les yeux
de Fiorina se courrouçoient, quand
ils le voyoient assis auprès d'elle; il
lui fallut beaucoup d'adresse pour
ne pas mécontenter les trois rivales.
Fiorina l'emportoit en ce moment
sur les deux autres; elle étoit l'objet
de ses soins les plus empressés, mais
il étoit naturel que la maîtresse de
la maison reçût de sa part un plus
vif hommage, et madame de C*** et
madame de Puisieux, ne le trouvoient pas mauvais. Il dansa souvent
avec elle ; il profita de toutes les

occasions de lui parler en italien, et il sembloit que cela lui donnoit quelque liaison avec elle. Fiorina lui parla du plaisir qu'elle avoit à étudier la harpe. Saint-Léon lui offrit de remplacer quelquefois le maître qui la lui enseignoit, et de l'aider de ses conseils. Elle hésitoit à lui accorder la permission qu'il lui demandoit ; il sembloit qu'elle redoutoit de lui donner de trop fréquentes occasions de la voir ; mais Saint-Léon la pressoit d'une manière si tendre, qu'elle consentit à ce qu'il vînt à une heure convenue chez elle, tous les deux jours, pour qu'elle fît des progrès rapides sur la harpe.

Il suivit cette nouvelle liaison avec assiduité ; une des deux dames qui demeuroient avec Fiorina, se

tenoit ordinairement avec elle,
quand Saint-Léon venoit donner sa
leçon; mais souvent on la prioit d'aller faire une emplette pour la comtesse; elle avoit si bon goût, que l'on
vouloit que ce fût elle qui choisît
telle robe ou tel ruban. Le tête-à-
tête avoit alors un tout autre em-
ploi que celui de la musique; et Fiorina, impétueuse dans ses passions,
s'abandonnoit à celle qu'elle ressen-
toit pour Saint-Léon, avec la vivacité d'une Italienne, délivrée mo-
mentanément de son argus. Le comte de Campo-bello étoit à Naples, depuis un an, occupé d'un procès. Jaloux comme le sont tous les Italiens,
et surtout les Napolitains, il avoit
mis deux de ses parents auprès de
sa femme, pour veiller sur sa conduite et l'en informer. L'une d'elles

étoit souvent malade, et ne pouvoit
pas suivre les actions de la comtesse ;
l'autre , la signora Bonifacia, femme
de trente ans, ayant encore des pré-
tentions, aimoit le monde , et son-
geoit plutôt à en jouir qu'à sur-
veiller Fiorina. Mais le beau Saint-
Léon fit sur elle une forte impression ; et comme elle aimoit à se
trouver là quand il venoit , pour
jouir de sa vue et de sa conversation , il étoit difficile de se débarras-
ser de ce surveillant importun. Saint.
Léon, contrarié par elle, ne la
voyoit qu'avec aversion ; cependant
il remarquoit qu'au contraire, la signora Bonifacia lui lançoit les plus
tendres œillades, et il ne l'en haïs-
soit que davantage. L'assiduité de
cet argus devint si exacte, que la
comtesse et Saint-Léon furent obli-

gès de chercher des moyens de s'y
dérober. Mais quelques précautions
qu'ils prissent, ils échappoient diffi-
cilement aux recherches de la signora Bonifacia qui, animée par la
jalousie, faisoit observer et suivre
tous leurs pas. Saint-Léon conti-
nuoit cependant à venir chez la
comtesse; celle-ci, d'un caractère
non moins jaloux que celui de Bonifacia, exigeoit cette exactitude
de sa part; et malgré le plaisir qu'il
avoit à se trouver avec elle, cette
sorte d'esclavage le contrarioit. Ce
fut dans un de ces moments de mécontentement, où le mettoit la sur-
veillance jalouse de Bonifacia, et le
caractère impérieux de Fiorina, que
la première ne pouvant plus contenir sa passion pour lui, et voulant
absolument la lui faire connoître,

le suivit, comme il sortoit de l'appartement de la comtesse, et l'arrêtant
tout-à-coup, lui présenta un papier, sur lequel étoit écrit : *Bonifacia
vi ama* [1]. En même temps, la signora
Bonifacia regardoit Saint-Léon,
comme attendant de lui la mort ou
la vie. Il prit son crayon et écrivit,
au-dessous de sa déclaration : *Ed io
non amo Bonifacia* [2], et lui rendit
le papier. A peine l'eut-elle lu que,
courant après Saint-Léon, qui s'enfuyoit, elle lui cria avec un accent
de fureur : *maledetto ! melo paghe-
rai* [3].

En effet, animée par le dépit, la
honte et une jalousie furieuse, elle
se mit à écrire au comte de Campo-

[1] Bonifacia vous aime.

[2] Et moi je n'aime point Bonifacia.

[3] Scélérat ! tu me le payeras.

bello, l'instruisit de la passion de
Saint-Léon pour la comtesse, et de
celle de la comtesse pour ce dernier.
Elle dépeignoit cet amour récipro-
que, avec des couleurs propres à
exaspérer le comte, et à l'engager à
venir promptement se venger.

L'horizon des plaisirs de Saint-
Léon commençoit à se charger de
nuages ; et ses succès se changèrent
bientôt en mésaventures. On avoit
joué, chez madame de C***, une
comédie et un opéra. Il y avoit figu-
ré, comme de coutume. Madame de
C*** boudoit Saint-Léon, qui l'avoit un
peu négligée, depuis sa liaison avec
Fiorina. Mais comme il la trouvoit
plus jolie que jamais, avec ce petit
air fâché, il s'efforçoit d'obtenir son
pardon. Il l'avoit suivie dans un
des bosquets du jardin, et répon-

doit aux reproches qu'elle lui faisoit
de sa légèreté, par les protestations
les plus tendres. Voyant qu'elle paroissoit douter de sa sincérité, il se
jeta à ses pieds, en s'emparant d'une
de ses mains. Il étoit dans cette attitude, lorsque M. de C*** parut à
l'entrée du bosquet. Saint-Léon, qui
le vit aussitôt, eut la présence d'esprit de ne point sortir de sa position, et de retenir madame de C***,
qui vouloit s'enfuir ; et il se mit à
déclamer, avec beaucoup d'empha-
se, un passage du rôle de Zamore,
dans la tragédie d'Alzire, lorsque
celle-ci, revoyant Zamore, s'écrie :

. . . . Zamore aux pieds d'Alzire !
Est-ce une illusion ?

Et que Zamore lui répond :

. . . . Non ; je revis pour toi ;
Je réclame à tes pieds tes serments et ta foi.

O moitié de moi-même ! idole de mon ame !
Toi, qu'un amour si tendre assuroit à ma flamme ,
Qu'as-tu fait des saints nœuds qui nous ont enchaînés?

Que faites-vous donc là , aux ge-
noux de ma femme? demanda monsieur de C***, qui s'étoit approché.
Monsieur, répondit Saint-Léon ,
madame me soutient que je ne pourrois pas jouer la tragédie; et pour
lui prouver le contraire, je décla-
mois devant elle le rôle de Zamore,
lorsqu'il retrouve Alzire , et qu'il se
jette à ses pieds. Vous choisissez de
singuliers morceaux , dit M. de C***;
du reste , vos talens dramatiques
vont devenir inutiles ici, car je
compte emmener ma femme en pro-
vince, pour quelque temps, et notre
théâtre va être fermé, probablement
pour ne plus se rouvrir.

Lac onversation se soutint, moitié

sérieuse, moitié plaisante, jusqu'au château, avec un embarras mutuel; et Saint-Léon se mêla dans la foule de la société, tout étourdi et mécontent de ce qui venoit de lui arriver. Mais c'étoit pour lui le jour aux maris. A peine échappé à l'un, il retomba sous la main de l'autre. Il s'approcha de madame de Puisieux, pour se consoler de la disgrace qu'il venoit d'éprouver. Il avoit joué un rôle de Colin, dans une pièce où elle jouoit celui de Colette; et les yeux de Colette et de Colin avoient paru singulièrement d'intelligence, et pénétrés de leur rôle. Le bal étoit commencé: il avoit perdu de vue madame de Puisieux, qui étoit allée changer de toilette; il l'aperçut dans un bout du salon, et crut remarquer qu'elle étoit pâle; ses

yeux se dirigèrent sur lui, et paroissoient lui témoigner de l'anxiélé, de
l'inquiétude, et craindre qu'il n'ap-
prochât d'elle : ce fut un nouveau
motif pour qu'il se rendît à ses côtés. Après avoir évité quelques groupes de danseurs, il parvint auprès
d'elle, et aperçut, pour la première
fois, un officier, en uniforme de colonel, qui étoit assis près de sa
chaise. Aussitôt que celui-ci vit
Saint-Léon... Ah! dit-il, voilà M. Colin; et d'un ton railleur : il est fort
bien, le Colin, qu'en dites-vous,
madame? Madame de Puisieux paroissoit être sur le point de s'évanouir. Un pressentiment, fortifié
par ce qui venoit de lui arriver
avec M. de C***, fit deviner à Saint-
Léon que cet officier étoit M. de
Puisieux. C'étoit lui, en effet, arri-

vé inopinément à Paris ; il étoit venu trouver aussitôt sa femme chez M. de C***. Il étoit arrivé au commencement de l'opéra, avoit remarqué l'intelligence de Colin et de Colette ; et les plaisanteries charitables de ceux qui l'entouroient, lui avoient donné de grandes inquiétudes sur les sentiments de sa femme pour le beau Colin. Fort peu disposé à les laisser exister, il avoit été sur les épines tout le temps de la pièce, et il venoit de signifier à madame de Puisieux que la comédie bourgeoise lui déplaisoit, que le Colin surtout lui déplaisoit encore plus, et qu'elle eût à cesser toute connoissance avec lui.

Le ton goguenard du colonel, ses plaisanteries sur *le grand Colin* devinrent piquantes, et finirent par

aller si loin, que Saint-Léon, le prenant à part, fut forcé de lui dire :
M. le colonel! des Colins de ma fa-
çon, valent des colonels de la vô-
tre ; et je vous prie de croire que
je manie mieux l'épée que la hou-
lette. C'est ce qu'il faudroit voir, dit
le colonel ; c'est ce que nous verrons
demain, répondit vivement Saint-
Léon, à huit heures du matin, à
l'entrée du bois de Boulogne ; je
vous y attendrai avec mon épée et
deux amis. J'y serai, Monsieur, dit
le colonel ; mais veuillez bien vous
rappeler que votre rôle de Colin est
fini pour toujours, auprès de la Colette que voici, en indiquant sa
femme, et que je ne suis point
homme à faire le niais de la pièce.

Ils se séparèrent. Saint-Léon quitta
le bal avec humeur, monta dans sa

voiture, se rendit à Paris, et envoya
de suite André chez deux amis, afin
qu'ils l'accompagnassent le lendemain matin au bois de Boulogne.
Pour achever son mécontentement,
le juif Abraham avoit laissé chez lui
une longue lettre , renfermant un
gros compte courant, écrit d'une manière indéchiffrable, et dans lequel
celui-ci put seulement reconnoître
que tous ses biens étoient passés dans
les mains d'Abraham. Ce dernier ,
pour finir tout , et acquérir une dernière petite propriété, offroit encore
mille louis à Saint-Léon ; après quoi
il retournoit à Lyon, pour entrer en
possession de tous les biens de sa
victime. Quoi ! disoit Saint-Léon ,
cette fortune si considérable est ré-
duite à vingt-quatre mille francs !
Une sorte d'effroi le saisit... A peine

3.

cela me durera-t il quelques jours !...
Il ordonna à André de l'éveiller à
six heures, et pour la première fois,
depuis long-temps, il se trouva seul
dans son lit ; mais les inquiétudes,
les regrets, le repentir étoient à son
chevet.

Il étoit éveillé dès le point du
jour. Il alla chercher lui-même les
deux amis qui devoient l'accompagner ; et, muni de ses armes, il se
rendit avec eux, au bois de Boulogne. Il s'avouoit à lui-même qu'il
avoit des torts avec M. de Puisieux,
et sentoit une sorte de répugnance
à se battre contre lui. Celui-ci ne
se fit pas attendre, et bientôt les
deux adversaires furent en présence. M. de Puisieux n'avoit que des
soupçons sur l'intelligence de sa
femme et de Saint-Leon, et recon-

noissoit que ses plaisanteries de la
veille n'avoient pas été mesurées;
de sorte que, après quelques atta-
ques de sa part contre Saint-Léon,
qui les paroit avec une adresse
qui indiquoit une grande supério-
rité, et en même temps beaucoup
de retenue, les amis des deux com-
battans s'étant mis entr'eux, par-
vinrent facilement à un accommo-
dement. M. de Puisieux convint
que ses plaisanteries n'avoient pas eu
pour objet d'offenser Saint-Léon;
et celui-ci n'exigea pas d'autre satisfaction. L'époux de madame de
Puisieux avoit droit à ses ménage-
mens. On se quitta froidement,
mais avec civilité de part et d'autre.

Saint-Léon sentoit que le voile se
déchiroit. Toutes ces tracasseries
dissipoient l'enchantement qu'il a-

voit éprouvé jusqu'alors. En ren-
trant chez lui, il trouva M. Abraham
qui l'attendoit : cette vilaine figure
lui parut encore plus hideuse ; il
lui trouvoit quelque chose de bas,
de vil, et même d'atroce. Que me
voulez-vous? lui dit-il : *monsir ché
fien pour terminer lé compte.* Oui,
dit Saint-Léon, j'ai vu..... tout est à
vous. *Monsir ché offre encore millé
louis, pour le petit maison de la
place Bellecour.* — Saint-Léon étoit
entouré d'une vapeur ténébreuse....
Une sorte de désespoir l'empêchoit
de réfléchir ; il sembloit éprouver
une joie féroce à se précipiter dans
l'abyme. Donne, dit-il, au juif, et
que le diable t'extermine. M. Abraham, sans répliquer, compta les
mille louis, fit signer son griffonnage
à Saint-Léon, et sortit en disant :

ché pars pour Lyon , et ché mé ré-
commande.

Saint-Léon contemploit cet or,
le débris de son immense fortune.
Voilà donc, disoit-il, ce qui me
reste! voilà donc, le fruit de mon
égarement! car je le sens, oui, je
le reconnois ce funeste égarement.
Ce fut dans ce moment qu'on lui
apporta la lettre de Dorvigny, où
celui-ci lui rendoit compte du jour
de ses fiançailles avec Lydie, et l'en-
gageoit, avec toute la chaleur de la
plus sincère amitié, à quitter les
plaisirs de Paris, pour assister à son
mariage. Saint-Léon, en lisant cette
lettre, sentoit ses larmes couler malgré lui. Dorvigny! bon Dorvigny!
tu mérites d'être heureux. J'ai mé-
prisé tes conseils; j'ai négligé ton
amitié! elle auroit pu me conduire

au bonheur...... et Célestine....... Ce
nom fut pour lui un coup de poignard; car, malgré tous les atttache-
ments superficiels, qui avoient effleuré son cœur, l'image de Célestine étoit toujours restée seule en
possession de la partie vertueuse
de son ame. Mille enchanteresses
avoient ébloui ses yeux et surpris
ses sens. Une seule divinité étoit
restée maîtresse de la véritable sensibilité de son cœur...

Il versoit des larmes, lorsque le
bruit de quelques amis qui venoient
le voir, lui fit serrer promptement
la lettre de Dorvigny, ainsi que les
mille louis d'Abraham. Il s'efforça
de cacher la situation de son ame;
mais il ne put reprendre sa gaieté;
et les amis qui venoient le visiter,
et qui étoient du nombre de ceux

qui l'avoient dépouillé au jeu, re-
connurent facilement qu'il n'étoit
pas dans sa situation d'esprit ordinaire. André vint lui annoncer
que M. Abraham venoit de partir
pour Lyon ; et après s'être informés
de ce M. Abraham, les prétendus
amis de Saint-Léon lui firent, au
bout d'une assez longue conversation, raconter où il en étoit, et la
disparition de sa fortune. Vous
avez encore une ressource, lui dirent-ils; venez chez *** : c'étoit le
plus infernal tripot de la capitale.
On y joue un jeu à réparer bientôt
vos pertes; *la rouge* ou *la noire ;*
voilà ce qui, dans quelques moments, peut remonter votre bourse, de manière à vous consoler d'A-
braham. Saint-Léon refusa, mais ils
ne l'en tinrent pas quitte, et se di-

rent être trop de ses amis, pour ne
pas lui voir chercher les moyens de
réparer ses pertes.

Le bruit de sa ruine circula bientôt parmi ses amis; et leur troupe
sembla s'évanouir, comme des ombres magiques. Mademoiselle D***,
à laquelle Saint-Léon avoit prodigué constamment les dons les plus
magnifiques, lui écrivit que son
intelligence avec lui étoit venue
aux oreilles du petit bossu, M. B***,
qui lui avoit fait une *scène affreuse;*
qu'elle n'avoit pu se réconcilier,
qu'en lui promettant de ne revoir
jamais Saint-Léon; et qu'en conséquence, malgré tout le vif, l'éternel
attachement qu'elle conserveroit
toujours pour lui, elle le prioit de
ne plus se présenter chez elle, *parce
qu'il n'y seroit plus admis.*

J'entends, dit Saint-Léon, l'amour est comme l'amitié dans ce pays ; le mauvais temps les fait fuir, comme l'hirondelle. Ah! quelle affreuse et trop tardive leçon!

Fiorina, qui éprouvoit pour lui une passion sérieuse, et qui étoit d'autant plus vive qu'elle étoit plus observée par la jalouse Bonifacia, exigeoit de Saint-Léon une attention continuelle, à saisir les occasions de la voir. Elle sortoit quelquefois seule dans sa voiture, et un homme, aposté par Saint-Léon à la porte de son hôtel, accouroit l'en prévenir : il falloit qu'il se hatât d'aller la rejoindre à quelque lieu convenu ; et s'il y manquoit, Fiorina menaçoit de se poignarder, de s'empoisonner, de se jeter dans la Seine. La connoissance qu'il avoit de la violence de son caractère, le lui faisoit craindre ; et cette liaison étoit devenue pour lui un supplice. Il falloit toujours paroître éperdûment amoureux, et au comble du bonheur, lorsque son cœur étoit indifférent, et que l'inquiétude de sa position lui dévoroit l'ame.

Obsédé par les joueurs qui l'entouroient, il se laissa entraîner dans la maison de jeu, dont ils ne cessoient de lui parler. Le trouble continuel où il étoit depuis quelque temps, le fatiguoit. Il s'abandonna à la résolution de jouer encore, comme s'il s'étoit résolu à quitter la vie. Il avoit cinq cents louis sur lui ; eh bien, se disoit-il, je les risque ; si je les perds, je pars, je quitte Paris ; je vais m'ensevelir dans quelque désert. Je dis adieu, pour toujours, à ce monde perfide.

L'entrée de la maison, où on le conduisoit, étoit soigneusement cachée. Saint-Léon, en entrant dans ce gouffre, sentit son cœur se soulever; il n'apercevoit que des physionomies sombres et lugubres; il lui sembloit être dans la demeure du crime et du désespoir. Autour d'une vaste table, une triple ligne de joueurs se pressoient, sans dire mot; tous les yeux étoient fixés sur deux individus qui donnoient le mouvement à une petite boule, qui indiquoit le gain, de la couleur *rouge* ou *noire*. D'énormes tas de pièces d'or étoient devant eux.Saint-Léon, en voyant cet or, sentit s'allumer dans ses veines une cupidité qu'il n'avoit point encore connue. Si je pouvois gagner, se disoit-il;

si je pouvois réparer les pertes et
les dépenses que j'ai faites! Et sa
main avoit déjà placé quelques louis
sur le tapis. La fortune lui sourit;
il gagna cent louis, dans cette première séance. Ce premier gain lui
ferma les yeux sur l'aspect hideux
de cette maison de jeu, et il en sortit, sans renoncer à y entrer de nouveau.

Cependant un autre orage grondoit sur sa tête. La lettre de Bonifacia étoit parvenue au comte de
Campo-bello, l'homme le plus jaloux
de l'Italie et en même temps le plus
vindicatif. Il étoit de suite parti de
Naples, pour venir tirer vengeance
de Saint-Léon. Il n'avoit point prévenu Fiorina de son retour, et
celle-ci, plus éprise que jamais, négli-
geoit les précautions qui pouvoient

dérober à Bonifacia ses rendez-
vous avec son amant.

C'étoit à cette époque que Dorvigny et M. Dormonville, accom-
pagnés des deux familles, se rendoient à Paris. Ils avoient quatre
voitures, et marchoient à petites
journées. Dorvigny étoit avec Lydie
et Célestine dans une voiture, madame Dormonville et madame Dorvigny avec Elisabeth étoient dans
une autre. M. Dormonville se mettoit alternativement avec sa femme
ou sa fille ; les deux autres voitures
étoient occupées par des domestiques. Dorvigny étoit impatient d'arriver à Paris, pour y revoir Saint-
Léon ; il en parloit souvent, et avoit
raconté à M. Dormonville les détails de leur amitié. Célestine rougissoit quand il en étoit question,

et Lydie, qui connoissoit le secret
de son cœur, étoit elle-même impatiente de voir ce Saint-Léon, qui
avoit pu négliger tant d'attraits pour
les séductions de la capitale. Enfin
ils approchoient de Paris, et comp-
toient y arriver le lendemain dans
la nuit. Revenons à Saint-Léon.

Il avoit passé une partie de la
journée chez la comtesse de Campo-
bello, qui avoit essayé en vain d'ê-
tre seule avec lui, et qui lui avoit
glissé un petit billet, pour lui donner rendez-vous, le lendemain à quatre heures du soir, dans une petite
maison près des Champs-Élysées, où
ils s'étoient déjà rencontrés. En
sortant de chez la comtesse, il trouva un des habitués de la maison de
jeu, où il étoit allé déjà une fois,
qui lui dit qu'il y avoit immensé-

ment d'argent à *la banque*, et qui,
en lui parlant du succès qu'il y
avoit eu déjà, l'y entraîna, après lui
avoir laissé seulement le temps de
prendre l'argent qu'il y vouloit ris-
quer. Il trouva la caverne encore
plus remplie que la première fois. Il
se mit au jeu, balança pendant quelque temps ses gains et ses pertes,
mais finit par éprouver une opiniâ-
treté de chances contre lui, qui le
remplit de rage. Il augmenta ses
mises; il perdit tout sang-froid, et
vit passer successivement, dans le
tas du banquier, tout ce qu'il avoit
apporté, qui se montoit à quinze
mille francs.

Son cœur étoit dévoré par les fu-
ries; repoussé, sans égard, de la table de jeu, dès qu'il n'avoit plus rien
eu à y mettre, il étoit dans un coin

de la chambre, grinçant des dents, et se tordant les membres, livré au plus violent désespoir. Les autres joueurs passoient froidement auprès de lui, comme accoutumés à ces sortes de scènes. Un homme d'une figure plus ignoble encore que celles des autres joueurs, après avoir examiné pendant quelque temps Saint-Léon, qui se maudissoit, se frappoit la tête, et paroissoit hors de lui, s'en approcha, et lui dit : vous avez beaucoup perdu. — Oui. — La fortune est capricieuse. — Je le sais. — Il y a quelquefois moyen.... en baissant la voix. — Comment ? — Oui, on peut quelquefois réparer..... — Je ne vous entends pas. — Ecoutez-moi, dit l'homme à la sombre figure; venez hors d'ici, et je vais m'expliquer. Saint-Léon le sui-

vit machinalement, et sortit. Trois
autres hommes, d'une figure aussi
horrible, paroissoient attendre celui qui le précédoit. Il est bientôt
temps, lui dirent-ils; mais nous ne
serons peut - être pas assez. Voilà
quelqu'un qui sera des nôtres, répondit celui qui avoit porté la parole à Saint-Léon. Expliquez-vous,
dit celui-ci. Eh bien, répondit le
même, je vous disois qu'il y a des
moyens de réparer les coups de la
fortune..... vous avez beaucoup perdu; je viens vous offrir de gagner
davantage..... De quoi s'agit-il ? dit
Saint-Léon, dont les cheveux se
hérissoient d'effroi; car il commençoit à soupçonner ce qu'étoient
les figures patibulaires qui l'entouroient. Il s'agit de venir avec nous
arrêter quatre voitures, qui ne sont

plus qu'à deux lieues de Paris, sur la route d'Orléans..... Le sang de Saint - Léon s'étoit glacé dans ses veines...... l'horreur qu'il éprouvoit, l'empêchoit de pouvoir articuler un son. Le brigand qui lui parloit, prenant son silence pour un consentement, continua : nous savons qu'il y a dans ces voitures une forte somme d'argent...... de l'argent! entendez-vous bien, disoit-il, avec un grincement de dents..... et cet argent n'est défendu que par deux hommes et une bande de femmes; mais..... si on résiste..... hommes, femmes, enfants, tout y passera.... en montrant un poignard..... Venez, nous allons vous armer, et si vous vous conconduisez bien, vous ne tarderez pas à vous moquer de la fortune.....

Saint-Léon avoit repris ses sens.....

Il repousse avec force le brigand loin de lui..... Monstre ! je t'arracherai ta proie, lui dit-il, et il s'enfuit aussitôt. Deux coups de pistolets furent lâchés sur lui, mais ne l'atteignirent pas.

Il court, sans perdre de temps, à son hôtel, appelle André, garçon brave et vigoureux. — Selle deux chevaux, l'un pour moi, l'autre pour toi ; mets les arçons, prends tes pistolets et ton sabre. Il s'agit d'aller sauver des malheureux que l'on veut égorger ; nous allons les défendre tu feras comme moi. Oui, monsieur, dit André ; avec vous, je ne crains pas dix hommes ; et il alla seller les deux meilleurs chevaux de l'écurie. Saint-Léon prit aussi ses pistolets et un sabre. Les deux chevaux prêts, suivi d'André, il se rendit sur la

route d'Orléans. Il avoit à peine fait
une demi-lieue, qu'il s'aperçut que
les voitures étoient attaqués. Des
cris de femmes le lui annoncèrent.
Il pousse son cheval; allons, André,
s'écrie-t-il, en mettant le sabre à la
main. La lune paroissoit à travers
les nuages ; dans ce moment, elle
éclairoit le grand chemin. Saint-
Léon découvre les voitures; une
scène de tumulte les entouroit.
Il accourt comme la foudre; un
homme se débattoit, sous le fer d'un
brigand qui alloit le percer; Saint-
Léon coupe le bras de l'assassin, et
le renverse par terre; André, d'un
coup de pistolet, en tue un autre,
contre lequel un homme luttoit
vaillamment; un troisième brigand
arrachoit une jeune femme de la
voiture, Saint-Léon se précipite sur

lui, et lui porte un coup terrible, que celui-ci, qui se retourne précipitamment, pare, en cherchant à en porter un autre à Saint-Léon. Il tourne autour de la voiture, s'élance sur son cheval qui étoit de l'autre côté, et revient sur Saint-Léon. Ils s'attachent l'un à l'autre; le brigand, qui paroît exercé, est un adversaire redoutable ; Saint-Léon et lui se portent des coups mutuellement parés; en se battant, ils quittent le grand chemin ; le brigand, qui sent qu'il ne peut plus résister à la vigueur de Saint-Léon, tourne la bride de son cheval, et cherche à s'échapper; Saint-Léon le poursuit, et tous deux s'éloignent rapidement des voitures.

Deux autres brigands n'avoient pas soutenu l'aspect d'André, et avoient pris la fuite. Les voitures étoient entièrement dégagées; mais André s'arrachoit les cheveux. Mon maître! mon maître, s'écrioit - il, qu'est-il devenu ? M. Dormonville et Dorvigny, qui étoient les deux hommes que Saint-Léon venoit de délivrer, pressoient André de le leur nommer, en l'appelant leur libérateur. Ah! s'écria Célestine, je l'ai reconnu.... Un des brigands m'arrachoit de la voiture, lorsqu'il a été frappé par Saint-Léon. Je suis sûre que cet homme si courageux est Saint-Léon; il s'est battu pendant quelque temps auprès de la voiture, et j'ai reconnu son visage..... Oui, dit André, mon maître est M. Saint-Léon; mais de quel côté a-t-il pris? Je tremble qu'il ne soit tombé dans la bande des scélérats qui vous ont attaqués. On dit à André qu'il s'étoit enfoncé dans un petit chemin, qui paroissoit communiquer à la forêt voisine ; et sans vouloir répondre davantage aux questions de Dorvigny, André se précipita, avec la rapidité de l'éclair, dans le chemin qu'avoit suivi Saint-Léon.

La quatrième voiture, où étoient trois hommes, avoit été retardée, par l'adresse des brigands , qui avoient une correspondance établie sur la route. Dans les trois autres voitures, il n'y avoit que des femmes, à l'exception de M. Dormonville et de Dorvigny. Après s'être remis de leur effroi, les voyageurs continuèrent leur route sans autre disgrace, et arrivèrent dans la nuit à Paris. Dorvigny ne pouvoit expliquer l'heureux hasard,

qui avoit amené Saint-Léon à leur
secours; son cœur bondissoit de joie,
de lui devoir cette nouvelle reconnoissance. Célestine éprouvoit un
sentiment de bonheur qu'elle n'a-
voit pas encore ressenti.• Je l'ai vu,
se disoit-elle, mes yeux l'ont reconnu ; et le premier moment où je
l'ai aperçu, a été pour lui donner
des droits à ma reconnoissance.
Mais ses égaremens, ses passions.....
pense-t-il encore à Célestine. Malgré cette réflexion, elle ne pouvoit
que se trouver heureuse d'être dans
la même ville que Saint - Léon.
M. Dormonville, Lydie, madame
Dormonville, et surtout madame
Dorvigny , désiroient ardemment
d'être à même de le voir, pour lui
témoigner leur reconnoissance.

Aussitôt que Dorvigny fut éveillé, il s'occupa d'aller chez Saint-Léon ; mais, depuis le départ du juif Abraham, il avoit quitté son magnifique hôtel, et avoit changé de demeure, sans en instruire Dorvigny. Toute la matinée se passa sans que celui-ci pût la découvrir ; ce ne fut que vers le soir, qu'il y parvint. Le portier lui dit que Saint-Léon étoit revenu le matin, à cheval, mais qu'il étoit ressorti depuis deux heures, et qu'on ne pourroit le trouver que le lendemain matin. Dorvigny, contrarié de l'inutilité de ses pas, vouloit encore courir de tous côtés pour rencontrer Saint-Léon ; mais où le trouver dans le goufre de Paris ? Il laissa une lettre pour lui, dans le cas qu'il revînt dans la soirée, et recommanda de lui dire qu'il viendroit le lende-

3.

main le voir, de bonne heure, et
qu'il ne sortît pas. Dorvigny retour-
na à son hôtel, et résolut de parcourir les divers spectacles, dans
l'espoir de rencontrer Saint-Léon.

André rentra un instant après
que Dorvigny fut parti. Il avoit fait
une course énorme, sans rencontrer son maître; mais quand il apprit
qu'il étoit revenu en bonne santé,
il oublia toutes ses fatigues.

Après avoir poursuivi le brigand
qui fuyoit devant lui, et qui finit
par lui échapper, Saint-Léon revint
encore sur la route d'Orléans; il
étoit jour; la route étoit fréquen-
tée; on connoissoit le combat de la
nuit. Les deux brigands qui y avoient
été tués, avoient été enlevés par la
maréchaussée, venue sur les lieux.
Tranquille sur le sort des voitures,

il rentra à Paris, et se reposa une partie de la matinée.

Le comte de Campo-bello étoit arrivé de la ville, mais il n'étoit point descendu à son hôtel; et soigneusement déguisé, après avoir prévenu Bonifacia de son retour, il s'étoit placé aux environs de son hôtel, pour observer lui-même sa femme. Saint-Léon, plutôt par crainte des suites d'un caractère aussi violent que celui de la comtesse, que par amour, s'étoit rendu aux Champs-Elysées, pou rentrer dans la maison où devoit venir Fiorina, aussitôt qu'il auroit aperçu la voiture dans laquelle elle devoit être, et qu'il reconnoissoit à un mouchoir blanc, sortant un peu de la portière.

La comtesse sortit de chez elle à l'heure indiquée, fit plusieurs tours dans sa voiture, la quitta au Palais - Royal, et prit un fiacre, qui la conduisit dans la petite maison des Champs Elysées. Le comte avoit suivi lui-même la voiture de sa femme, accompagné de deux amis. Il l'avoit vue descendre au Palais-Royal, avoit marché sur ses pas, et étoit monté dans une autre voiture de place, en enjoignant au cocher de suivre celle où étoit sa femme. Sitôt qu'il la vit s'arrêter aux Champs-Elysées, il descendit avec ses deux amis, et se plaça en observation. Il vit Fiorina suivre une allée des Champs-Elysées, se diriger vers une maison qui y communiquoit, et y entrer. Bientôt après, un jeune homme de haute taille, bien fait, et ayant fort bonne mine, entra dans la même maison. Boni-

facia lui avoit dépeint Saint-Léon,
de manière à ne pas lui laisser douter que ce jeune homme ne fût lui.
La rage et la soif de la vengeance en-
trèrent dans son cœur, et il se dirigea avec ses deux amis vers la maison ou Fiorina étoit entrée.

Celle-ci, en cet instant, faisoit à
Saint-Léon des reproches de sa
froideur; en effet, accablé par le
sentiment de la position où il se
trouvoit, et lassé de dissimuler ses
peines, il venoit de les confier à la
comtesse, en lui faisant part du dessein où il étoit de quitter Paris. Les
larmes avoient inondé les joues de
Fiorina; perdre Saint-Léon lui sembloit perdre la vie : la tendresse
qu'elle lui témoignoit, l'idée qu'il
lui faisoit peut-être ses derniers
adieux, ranimèrent dans son cœur

quelques étincelles de ses premiers
feux; et il lui parloit avec tendresse, quand tout-à-coup la porte s'ouvre, le comte de Campo-bello s'é-
lance dans la chambre, le poignard
à la main, et en frappe Fiorina,
avant que Saint-Léon ait pu l'arrêter. Le comte retire son poignard
du corps de Fiorina pour en percer
Saint-Léon. Celui-ci le désarme et
le jette à l'autre bout de la chambre. Les deux amis veulent attaquer
Saint-Léon; mais son attitude, le
poignard à la main, étoit si terrible,
qu'ils n'osent faire un pas. Vils as-
sassins, leur crie-t-il, approchez... Le
comte, remis sur ses pieds, lui dit :
Monsieur, ce n'est point ici un assassin; c'est un époux outragé : c'est
le comte de Campo-bello; c'est le
frère de l'ambassadeur de Naples,

qui vous demande raison. Je vous
attends demain, à six heures du
matin, à la porte Chaillot, et j'espère
laver dans votre sang, l'affront que
je reçois. Quant à cette femme, elle
n'est plus la mienne, et si elle survit
à sa blessure, nos liens n'en seront
pas moins rompus. Le comte s'éloigna avec ses deux amis. Saint-Léon
s'occupa de rappeler Fiorina à la
vie. La blessure qu'elle avoit reçue
avoit glissé sur le flanc, et n'étoit
pas profonde; la frayeur l'avoit fait
tomber évanouie, plutôt que le sentiment de sa blessure; elle rouvrit
les yeux, et, ne voyant auprès d'elle
que Saint-Léon et la femme qui occupoit la maison, elle se remit entièrement. La voiture qui l'avoit
amenée étoit à l'attendre; elle demanda à être conduite chez la du-

chesse de Cassano, sa parente et son intime amie, en ce moment à Paris. Saint-Léon alla d'abord chercher un chirurgien, qui visita la blessure, la trouva peu dangéreuse, et y mit le premier appareil ; ensuite il la conduisit chez son amie. La tendresse que Saint-Léon lui témoignoit, étoit pour elle un baume souverain; il étoit si touché de cette triste aventure, que ses attentions pour Fiorina avoient toute l'expression du plus vif amour. Aussitôt qu'il eut quitté la malheureuse comtesse, il songea à son rendez-vous du lendemain. Il étoit sept heures du soir; il lui falloit trouver deux amis pour l'accompagner, et il étoit embarrassé de les rencontrer, tant la troupe de ceux qui prenoient ce nom auprès de lui, il y avoit quel-

que temps, s'étoit éclaircie. Après
être allé inutilement dans plusieurs
endroits, il entra à l'Opéra. Placé
derrière quelques personnes, il
parcouroit des yeux les divers endroits de la salle. Enfin il aperçut
deux jeunes gens qu'il avoit beaucoup connus; il alla vers eux, et ils
convinrent de se trouver ensemble
le lendemain matin. Comme il se
disposoit à sortir, il remarqua que
tous les yeux se dirigeoient sur deux
jeunes femmes, assises dans une des
premières loges, au premier rang.
Il tourna la tête machinalement du
même côté, et resta comme pétrifié
en croyant reconnoître Célestine,
dans une des deux jeunes personnes
que l'on admiroit. Il se glissa dans le
parterre, et vint assez près de la
loge pour ne plus douter qu'il ne se

trompoit point. Voilà ses cheveux blonds, ses beaux yeux, sa jolie bouche, la coupe élégante de son visage ; mais quelle taille divine ! comme ses beaux bras sont bien placés ! quelle blancheur ! quel éclat éblouissant !... Saint-Léon s'enivroit du bonheur de revoir Célestine, devenue si belle ; ses yeux étoient attachés sur elle, toute son existence étoit auprès de Célestine ; elle ne faisoit pas un pas, pas un geste, qu'il ne fût tenté de l'imiter. La charmante personne, disoit-on autour de lui, en parlant de Célestine ; quel caractère d'innocence, de candeur et de beauté ! quelle taille ravissante ! quels contours purs et gracieux ! La jeune femme qui est près d'elle doit être aussi bien jolie, car elle le paroît même à côté de cette blonde.

Les éloges que saint-Léon entendoit
faire de Célestine, alloient jusqu'à
son cœur. Ah! se disoit-il, si l'on
savoit comme moi combien cette
jeune fille, si belle, est plus aimable
encore; combien de talens ornent
ce beau naturel...... et moi malheureux!.... moi, qui pouvois posséder
tant d'attraits!.... Cette réflexion fut
pour lui un coup de poignard.... il
faillit de se trouver mal. Arrachons-
nous de ces lieux, se disoit-il; je
sens que mon désespoir va m'y faire
mourir.... mais ses yeux contem-
ploient de nouveau Célestine; le feu
de l'amour brûloit son cœur et le
consumoit. C'est pour toujours, se
disoit-il; et s'adressant à Célestine,
comme si elle eût pu l'entendre :
oui, être charmant, je t'aimerai toujours.... Je ne suis plus digne de toi;

l'hommage d'un cœur qui a pu recevoir en lui d'autres images que la
tienne, est au dessous de toi. Pure
comme l'être qui sort des mains du
créateur, tu ne peux recevoir les
vœux que d'un être aussi pur que
toi... Mais je t'aimerai, je t'aimerai
sans espoir; je te rendrai dans mon
cœur le culte que l'on rend à une
divinité... demain, peut-être, ce cœur
que tu remplis ne battra plus; tu
auras au moins son dernier soupir.

Le spectacle finissoit, Saint-Léon,
avant que de quitter la salle, jetoit
un dernier coup-d'œil sur Célestine..
Il frémit d'une joie qu'il n'avoit
point encore ressentie, en recon-
noissant qu'elle avoit à son cou le
cœur de cristal de roche qu'il lui
avoit donné. Deux grosses larmes
tombèrent de ses yeux; aimable

enfant, dit-il, Saint-Léon n'est plus
digne de toi! Les regards de Célestine, qui avoient plusieurs fois par-
couru la salle, tombèrent sur Saint-
Léon, comme il alloit s'éloigner; elle
fit un mouvement subit et parut
prête à jeter un cri. Elle saisit le
bras de la jeune femme à côté d'elle,
qui étoit Lydie, et lui montra Saint-
Léon. Celui-ci se perdoit déjà dans
la foule; il leva les yeux, mit la
main sur son front, avec un geste
de désespoir, et disparut.

Saint-Léon rentra chez lui, la
mort dans le cœur. Il n'avoit point
encore senti aussi vivement la perte
de sa fortune. Mourons, se disoit-il;
puisque je ne puis posséder Célestine, que m'importe la vie? On lui
remit la lettre de Dorvigny. « Cher
« Saint-Léon, lui écrivoit celui-ci,

« à quelque heure que tu rentres,
« je t'en conjure au nom de notre
« sainte amitié, viens me trouver,
« hôtel de l'Empire, rue Cérutti. Le
« portier a ordre de t'ouvrir à n'im-
« porte quelle heure de la nuit.
« Jamais je n'aurai pu être inter-
« rompu dans mon sommeil, aussi
« agréablement, que si tu viens
« me faire éveiller cette nuit. Si
« tu savois, mon ami, combien mon
« cœur te désire; combien il brû-
« le de te presser contre lui. Oh!
« viens, cher Saint - Léon; oublie
« les plaisirs qui t'entourent, pour
« venir un moment te rendre aux
« vœux de l'ami de ton enfance; de
« celui à qui tu as sauvé deux fois
« la vie; oui, deux fois, mon brave
« mon cher Saint-Léon. Les voya-
« geurs que tu as si courageusement

« défendus la nuit dernière, c'étoit
« ma mère, Célestine, moi, ma fem-
« me, mon beau-père, et une jeune
« sœur de ma femme. Juge de notre
« empressement à tous de te voir.
« Ne te refuse donc plus à nos
« vœux. Si tu es heureux, je serai
« heureux de ton bonheur..... Si tu
« étois moins heureux que je ne le
« pense, et que tu te fusses trompé
« dans la recherche de ce bonheur,
« notre idole à tous, oh, mon cher
« Saint - Léon! rappelle - toi notre
« engagement; la moitié de ce que
« j'ai t'appartient; viens la réclamer,
« mon ami; viens dans mes bras,
« viens....... leur chaîne amicale te
« protégera contre toutes les pei-
« nes de la vie. Le bonheur a beau-
« coup fait pour moi, mais je lui
« demande encore mon ami; je lui

« demande de resserrer les liens qui
« m'unissent à toi dès l'enfance.....
« Viens, cher Saint-Léon ; Dorvi-
« gny t'attend, pourras-tu balan-
« cer un moment à venir l'embras-
« ser? »

Cette lettre fut baignée des larmes de Saint-Léon. Quel ami, quelle
félicité j'ai perdus ! s'écria-t-il. Puis-
je me présenter devant lui, après
avoir perdu une fortune immense,
dans des plaisirs qu'il m'a toujours
reprochés ? Puis-je me présenter devant Célestine, encore embarrassé
dans les liens du libertinage ; me
trouvant aujourd'hui avec une des
victimes que j'ai faites, et que l'on
poignarde devant mes yeux ; me
battant demain, et arrachant peut-
être la vie à un époux que j'ai des-
honoré?... Non, ma vue, ma présen-

ce, souilleroit la vertu de l'un et de l'autre. Fuyons..... ou plutôt périssons les armes à la main, puisque j'ai une occasion de finir ma vie.

Rempli d'un sombre désespoir, il s'occupa de régler ce qui lui étoit nécessaire pour le lendemain. Il appela André. Il lui fit part de son duel avec le comte de Campo-bello. Je périrai, dit-il, ou si le comte tombe sous mes coups, je quitterai Paris; dans ce dernier cas, tu pourras me quitter, si tu le veux. Moi, vous quitter! dit André..... je suis à vous jusqu'à la mort. Saint-Léon lui prit la main, et la lui serra. Eh bien, André, tiens prêts deux chevaux pour demain matin, et prends ce qui sera le plus nécessaire. Dans le cas nous où nous devrons partir, je te trouverai avec mes chevaux, à la

porte Chaillot, et nous prendrons
aussitôt la route de Flandres. Si je
succombe, tu en instruiras mon ami,
M. Dorvigny, hôtel de l'Empire, rue
Cérutti, à qui je vais écrire, pour
qu'il mette en ordre tout ce qui
restera après moi. Saint-Léon chercha ensuite l'argent qui lui restoit;
il se montoit à quatre cents louis.
Il le remit à André. Si je meure,
dit-il, cet argent est à toi; si nous
partons, il nous fera vivre. C'est un
bien foible débris d'une grande fortune, ajouta-t-il, en soupirant. Ah!
mon bon maître, grace à dieu, j'ai
de bons bras, dit André, et je les
emploierai utilement pour vous.
Saint - Léon lui donna la cassette où
étoient les lettres de Dorvigny. Il en
tira le médaillon qui renfermoit la
boucle de cheveux blonds de Cé-

lestine. Il y passa un ruban bleu, et le mit à son cou. Rappelle-toi bien, André, lui dit-il, que si je péris, je te recommande absolument de faire mettre avec moi, dans la tombe, ce médaillon. Oh! dit André, vous le porterez encore long-temps, et tous les comtes et marquis d'Italie ne sont pas capables de vous en empêcher. Que celui de demain n'ait pas le malheur de vous faire une égratignure; car, mort de ma vie! tout comte qu'il est, je le traiterois comme les brigands de cette nuit.

Saint-Léon congédia André, en lui recommandant de l'éveiller à la pointe du jour; mais celui-ci dit qu'il ne se coucheroit pas, et qu'il alloit passer la nuit à arranger les porte-manteaux. Saint-Léon se mit à écrire à Dorvigny; il lui faisoit un récit de toute sa vie, depuis qu'il l'avoit quitté, et ne déguisoit aucune de ses erreurs. Sa prodigalité, sa liaison avec le juif Abraham, ses égarements et enfin sa ruine complète étoient dépeints avec la plus exacte sincérité. Il ajoutoit: « Je vais « les expier ces erreurs, mon cher « Dorvigny, je vais les expier par la « mort ou par la fuite, et ce dernier « parti ne sera pas le moins cruel « pour moi. Connois toute l'étendue « de mon malheur. J'emporte avec « moi une passion qui durera au- « tant que mon être. J'aime, je « n'ai jamais aimé qu'une femme, « qui réunit à toute la beauté, à « toute la pureté des anges, tous « les dons du cœur et de l'esprit. « Son souvenir va faire mes délices « et mes tourments ; ce n'est qu'en

« pensant à elle que je pourrai sou-
« tenir la vie, et je me nourrirai
« de l'amertume de mes regrets. Il
« fut un temps où je pouvois pré-
« tendre à sa main.... Grand Dieu!
« j'ai pu posséder tant d'attraits !.....
« Mon cœur se brise à cette pensée!
« J'y dois renoncer pour toujours.
« Ma ruine complète m'en sépare
« à jamais, et mes égarements con-
« nus d'elle, sans doute , ont mis une
« distance éternelle entre son cœur
« vertueux et le mien...... Si j'osois
« excuser mes erreurs, je dirois
« que cette femme chérie a été seule
« en possession de mon ame, qu'elle
« n'y a jamais eu de rivales , et que
« si quelques ombres séductrices en
« ont effleuré la superficie , elles
« n'ont jamais pénétré dans le tem-
« ple où l'être que j'adore étoit ré-

« véré.... Mais à quoi sert-il de cher-
« cher à m'excuser? Je ne suis plus
« digne d'elle.... Je n'ai plus l'espoir
« de lui voir agréer mon hom-
« mage, et mon amour me défend
« d'en avoir l'audacieuse pensée,
« puisque j'ai perdu la fortune qui
« m'eût donné les moyens d'assurer
« son bonheur.... Que cette créature
« angélique, que ce trésor d'attraits,
« de perfection et de vertus, fasse
« le bonheur d'un autre être digne
« d'elle.... Non ! non ! mon cœur se
« révolte contre ma raison.... Je n'y
« puis consentir... Je ne puis sup-
« porter l'idée de voir au pouvoir
« d'un autre l'objet de mon amour...
« Je ne puis vouloir renoncer à ja-
« mais à Célestine!.... Célestine!.....
« Oui, mon cher Dorvigny, et juge
« de l'étendue de mon malheur :

« c'est Célestine que j'aime ; c'est
« elle que je ne cesserai d'aimer
« qu'en quittant la vie. Mon bon
« Dorvigny, j'aurois pu être ton
« frère ! j'aurois pu couler mes
« jours près de toi, enchaîné dans
« les liens de fleurs du plus tendre
« amour et de la plus pure amitié!
« j'aurois pu, éclairé par ta raison,
« cultiver ma pensée, ennoblir et
« élever mon ame, porter dignement
« le nom d'homme et celui de mes
« ayeux !.... et maintenant! Oh!
« la foudre est tombée sur moi......
« Je ne promets pas de vivre..........

« Mon ami, je remets en tes
« mains le soin de régler ce qui
« restera après moi. Demain je se-
« rai mort, ou j'aurai quitté Paris.
« Je te laisse une autorisation de
« tout terminer en mon nom. Vends

« tout pour payer mes domestiques
« et mes créanciers.

« Adieu, cher et unique ami;
« adieu, toi le compagnon de mon
« enfance; adieu, toi dont la voix
« étoit entendue de mon cœur..........
« Ce cœur, jusqu'à son dernier mo-
« ment, conservera ton image. Adieu.
« Célestine!... toi que je n'ai cessé
« d'aimer; aimable enfant dont j'ai
« vu les premières graces se déve-
« lopper! Etre charmant qui étoit
« et qui sera encore ma divinité,
« aussi long-temps que ma vie. Cé-
« lestine!.... Dorvigny!.... tout ce que
« j'aime! adieu!»

Saint-Léon, après avoir écrit à
Dorvigny, prit quelques instants
de repos. Il étoit excédé de fatigue,
et la nature triomphoit des peines
de son esprit. Pendant ce temps,

André remplissoit deux porte-manteaux et plusieurs malles. Quoiqu'il
fût nuit, il transporta lui-même
celles-ci aux messageries; et dès
cinq heures du matin, il étoit par-
venu à les faire enregistrer sous son
nom, pour Lille, qui étoit précisément sa ville natale. Il pensoit que
cette précaution seroit agréable à
Saint-Léon, s'il quittoit Paris pour
aussi long-temps qu'il sembloit le
croire. Tous les préparatifs du départ achevés, les deux meilleurs
chevaux équipés, André, avec un
sentiment de douleur, alla éveiller
Saint-Léon. Si ce maudit comte alloit blesser mon maître! se disoit-
il; et je ne puis être là pour le
défendre.... Oh! comme je le venge-
rois! Mais il faut que l'Italien soit
bien adroit, s'il l'emporte sur lui-

4.

Cette réflexion rassuroit un péu le bon André ; mais ne calmoit pas l'inquiétude que son attachement pour son maître lui faisoit éprouver.

Saint - Léon s'habilla promptement, prit son épée et ses pistolets ; et suivi d'André, alla chercher les deux personnes qui devoient l'accompagner. Il se rendit avec elles, à la porte Chaillot ; et plaça André à l'écart, pour qu'il ne fut point remarqué.

Le comte de Campo-bello ne tarda pas à arriver, avec quelques personnes de sa nation. C'étoit un homme dans la force de l'âge, et assez robuste ; mais moins vigoureux que Saint-Léon. Ses sourcils noirs et épais se joignoient ; ses yeux étoient enfoncés ; son visage exprimoit une fureur concentrée, et auroit pu inspirer de l'effroi à tout autre adversaire, que celui qu'il avoit dans cet instant. Il s'étoit battu souvent en duel, et avoit ôté la vie à plusieurs rivaux, qui avoient contrarié ses passions. Les Italiens qui l'accompagnoient, paroissoient compter beaucoup sur son adresse.

On s'éloigna à une centaine de pas de la route, et l'on fit ses dispositions. Le comte avoit le choix des armes. Le pistolet d'abord, dit-il, et à quatre pas. Les témoins voulurent en vain éloigner une distance aussi meurtrière : le comte persista. Saint-Léon gardoit un froid silence; sa vie ne lui paroissoit plus avoir de prix. Il pensoit à Célestine et à Dorvigny, et leur adressoit les derniers battements de son cœur. Il

fut convenu que les deux adversaires tièndroient le pistolet bas ; et
qu'à un signal , ils lâcheroient leurs
coups, l'un sur l'autre. Saint-Léon,
enveloppé d'une noire vapeur, désiroit la mort.... Le signal se donne ;
le comte lâche son coup avec pré-
cipitation ; la balle traverse le bras
gauche de Saint-Léon. Celui - ci,
gardant le même silence et le même
sang-froid , tire son pistolet en l'air.
Monsieur, lui dit le comte, je n'ai
pas besoin de votre générosité ; je
suis venu ici pour vous arracher la
vie, ou la perdre. Voyons si mon
épée me servira mieux ; et en disant
ces mots, il l'avoit saisie, et étoit
déjà en garde, en menaçant Saint-
Léon. Les témoins voulurent faire
cesser le combat, en observant que
Saint-Léon étoit blessé. Bon , dit le

comte, ce n'est qu'une égratignure...
Le ton insolent du comte, les me-
naces qu'il proféroit, avoient tiré
Saint-Léon de son désespoir apathi-
que. Il saisit son épée avec force;
et, à la seule manière dont il se mit
en garde, les Italiens jugèrent que
le comte avoit besoin de toute son
adresse. Le combat s'engagea avec
vivacité ; plusieurs blessures légères
avoient déjà fait couler le sang des
deux adversaires... A mort !.. à mort!..
disoit le comte en blasphêmant, et
en injuriant Saint - Léon. A mort
donc, puisque tu le veux, dit celui-
ci d'une voix terrible. Il s'étoit plutôt
défendu jusqu'alors qu'il n'avoit attaqué. Mais prenant tout-à coup une
autre attitude, il fond sur le comte,
écarte avec impétuosité le fer que celui-ci veut vainement lui opposer, et

lui plonge son épée dans le corps. Tu es un brave, dit le comte, en tombant. On se hâta de le secourir. Une personne mise en observation, annonça qu'on apercevoit, dans l'allée de Chaillot, deux voitures qui venoient à toute bride... Les témoins de Saint - Léon l'aidèrent à aller jusqu'à ses chevaux. André, en le voyant couvert de sang, crut qu'il alloit expirer..... Mais Saint - Léon lui ordonna, d'une voix ferme, de le suivre, dit adieu à ses amis, et partit au grand galop.

Les deux voitures que l'on avoit aperçues, s'arrêtèrent à la barrière. Dans l'une étoit l'ambassadeur de Naples, le frère du comte ; instruit par un ami du duel de son frère, il accouroit pour y mettre obstacle, ou pour le servir de son bras. Dans

l'autre étoit Dorvigny, qui, aussitôt qu'il avoit eu pris lecture de la
lettre de Saint-Léon, s'étoit hâté
de se rendre au lieu où le duel devoit avoir lieu, pour tâcher de l'empêcher, ou servir de second à son
ami. L'ambassadeur, à la vue de son
frère qui paroissoit expirant, jeta
des cris, en menaçant son meurtrier
de sa vengeance, et de celle des
lois. Dorvigny, qui approchoit au
même instant, somma les Italiens,
qui accompagnoient le comte, de
donner le détail du combat. Son
air grave, son maintien noble, son
habillement, qui étoit noir, comme
le portent ordinairement les personnes du barreau, le firent prendre
pour un magistrat, et on lui obéit,
en racontant exactement les circonstances de ce duel. Pendant

que l'on prenoit des précautions
pour conduire le comte à son hôtel,
Dorvigny s'approcha de l'ambassadeur. Il lui fit valoir la générosité
de Saint-Léon, qui avoit refusé d'ô-
ter la vie à son frère, quand rien
ne pouvoit l'en empêcher; il le re-
présenta comme n'ayant blessé le
comte que poussé à bout, et prêt
à perdre lui-même la vie; il fit valoir, avec force, les sentimens d'honneur de la noblesse italienne, et in-
téressa l'amour-propre de l'ambassadeur à ne pas appeler les lois
dans une affaire déjà si malheureuse. Le comte, qui avoit repris un
peu de force, adressa quelques
mots à son frère, qui appuyèrent ce
que disoit Dorvigny. Ne cherchez
point à donner de suite à ce duel,
lui dit-il, je vous en prie; mon ad-

versaire s'est conduit en brave : il
a été généreux, je veux l'être aussi.
L'ambassadeur, à qui ces mots de
son frère donnoient quelque espoir que sa blessure ne seroit pas
mortelle, promit de tenir cet événement secret. Pour en dérober davantage la connoissance, on entra
le comte dans une maison des environs, et on alla chercher un chirurgien. Dorvigny fut instruit que
Saint-Léon étoit parti à cheval, avec
André. L'impossibilité de découvrir
quelle route il avoit prise, le mettoit hors d'état de le joindre. Il ju-
gea que ce qu'il avoit de mieux à
faire, étoit de s'assurer que ce duel
n'auroit aucune suite, et de s'occuper des affaires de Saint-Léon à
Paris, pendant qu'il enverroit des
émissaires pour tâcher de le décou-

vrir et de le ramener. Après s'être fait connoître à l'ambassadeur de Naples, que sa manière de s'exprimer avoit fort intéressé, il lui demanda la permission de lui rendre visite, pour s'informer de la santé du comte, ce que celui-ci lui accorda, et il revint à la demeure de Saint-Léon. Il mit en ordre ses papiers, prévint les domestiques que leur maître, parti pour un voyage, n'avoit plus besoin d'eux, et leur assigna une heure, le lendemain, pour régler leurs gages, ainsi que les comptes de divers créanciers. Il rentra à son hôtel; on l'attendoit avec impatience. Quand il ouvrit la porte de la chambre, où les deux familles étoient réunies, tous les yeux sembloient regarder s'il n'étoit pas suivi d'une autre personne. Célestine remarqua de suite qu'il étoit seul ; son cœur se serra, et une larme vint mouiller ses paupières. Mes amis, dit Dorvigny, j'étois sorti ce matin, plein d'une joie impatiente, espérant ramener avec moi notre libérateur à tous, mon cher Saint-Léon ; mais les vingt-quatre heures qui viennent de s'écouler ont été pour lui remplies d'événements, et il a été obligé de quitter Paris, ce matin, sans que j'aie pu le voir. J'espère que le ciel le rendra à mes vœux, et je vais m'occuper, sans relâche, de cette réunion si désirée. Célestine étoit devenue pâle et tremblante, pendant le récit de Dorvigny. Celui-ci s'en aperçut, et résolut de ne lui rien cacher. Il étoit sûr que la déclaration que Saint-Léon faisoit de ses sentiments

pour elle, adouciroit son chagrin.
Dorvigny continua donc, et instruisit sa famille de tout ce qui étoit
arrivé à Saint-Léon. Je vais, dit-il,
vous lire la fin de sa lettre. Il m'y
fait part d'une passion violente
qu'il ressent, et qu'il ressentira toujours.... Célestine étoit sur le point
de s'évanouir.... Elle a pour objet
une jeune personne qui nous intéresse tous ; et, dans le sentiment
qui réunit ici notre petit cercle, je
la nommerai sans craindre d'être
indiscret. C'est Célestine !.... La vie
revint sur les joues de l'aimable
blonde; ses yeux étoient baissés, et
laissèrent échapper des larmes qui
trahissoient le secret d'un cœur in-
capable de feindre. Madame Dorvigny la serrant dans ses bras : chère
Célestine, lui dit-elle, ne t'afflige

pas ; nous retrouverons Saint-Léon, et nous serons doublement heureux en l'attachant à notre famille; puisque nous réparerons ses malheurs, et que nous lui donnerons ta main. Dorvigny s'écria avec transport : oui ! oui ! ma mère, le ciel nous accordera de former cette union charmante. Il acheva la lettre de Saint-Léon : la manière dont il peignoit son amour pour Célestine, faisoit éprouver à celle-ci un battement de cœur qu'elle n'avoit point encore ressenti; mais lorsqu'elle entendit les adieux de Saint-Léon, son ame fut trop vivement émue, les larmes la suffoquoient, elle tomba évanouie, dans les bras de Lydie. Revenue à elle, Dorvigny fit pénétrer dans son cœur les rayons de l'espérance; il lui peignit Saint-

Léon, revenu pour toujours de ses égaremenls, échappé aux piéges qui l'entouroient, et retrouvant toute la noblesse de son ame. Quant à ses biens, dit-il, nous n'avons pas besoin de les regretter; tu es assez riche, ma Célestine, pour faire son bonheur : Saint-Léon avec toi sera le plus fortuné des hommes. Je vais m'occuper de remplir la tâche qu'il m'a confiée, et, dès aujourd'hui, je vais chercher à découvrir ses traces.

En effet, dès le même jour, il fit partir trois émissaires, pour tâcher de le joindre. Sa seule inquiétude étoit qu'il s'embarquât. Il fit mettre dans tous les journaux un avis ainsi conçu :

« Jules Dorvigny prévient E-
« douard Saint-L...... qu'il l'attend à
« Paris, hôtel de l'Empire, rue Cé-

« rutti, pour lui communiquer des
« affaires importantes, et qui satis-
« feront *entièrement* ses vœux. Dans
« quelque lieu que cet avis lui par-
« vienne, il le prie de partir de
« suite pour Paris. »

Il se mit à examiner ensuite les
papiers de Saint-Léon ; aussitôt qu'il
eut jeté les yeux sur les comptes
frauduleux du juif Abraham, il
conçut l'espoir de faire regorger
cette sangsue, et se promit de
donner la plus grande attention à
cet objet. Il paya les domestiques
et les créanciers, sans rien vendre
de ce qu'avoit laissé Saint - Léon.
Comme il prévit que l'attaque qu'il
méditoit contre le juif Abraham,
nécessiteroit sa présence à Paris, une
partie de l'hiver, il prit la maison
de Saint-Léon, sans y rien déranger.

Elle étoit assez spacieuse pour y
loger les deux familles qui s'y éta-
blirent. Madame Dorvigny disoit :
je suis chez mon troisième fils; Dorvigny : je suis chez mon frère; et
Célestine se plaisoit dans une maison
que Saint-Léon avoit habitée, et qui
étoit encore remplie d'objets qui le
retraçoient à son souvenir. Sa harpe,
son violon, sa musique, ses livres
étoient là, comme il les avoit laissés.
Célestine éprouvoit un sentiment
délicieux, en répétant sur sa harpe
les airs qu'il lui avoit appris; mais
il ne venoit point; on ne recevoit
point d'avis de quelques découver-
tes; et sans les assurances conti-
nuelles que lui donnoit Dorvigny.
qu'on réussiroit à le trouver, Célestine seroit tombée dans une sombre
mélancolie.

M. Dormonville, pour la distraire, la conduisoit avec Lydie
aux divers spectacles, où les deux
jeunes étrangères ne paroissoient
jamais sans y recueillir l'admiration
de tous ceux qui les entouroient.
Un officier se présenta un jour dans
leur loge, et vint saluer Célestine:
c'étoit Florimont, qui, après avoir
été absent de Toulouse pendant assez
long-temps, se trouvoit à Paris, pour
y solliciter une grace. Il fut enchanté de revoir Célestine, et d'apprendre que la famille Dorvigny
étoit dans la capitale. Il se présenta,
dès le lendemain, chez madame Dorvigny, et fit de nouveau une cour
assidue à Célestine qui recevoit
ses marques d'attention avec une
froide politesse; mais il vouloit faire
un dernier effort, et espéroit tou-

jours qu'il parviendroit à l'atten-
drir. Il s'étonnoit de sa froideur, en
ce qu'il ne voyoit personne autour
de Célestine, pour qui elle parût
avoir quelque penchant. Sainville,
qui avoit été son rival, avoit quitté
Toulouse depuis un an, et s'étoit
marié dans une autre ville. Jeune,
riche, d'un grand nom, d'une jolie
figure, il se demandoit souvent comment Célestine pouvoit lui résister ;
les succès de garnison lui avoient
donné un peu de vanité, et le refus
de sa main, qu'il commençoit à
croire une faveur, lui causoit beaucoup de surprise.

M. Dormonville voulut préparer
son château pour recevoir les hôtes
qu'il y amenoit, et comme la saison
de l'hiver lui ôtoit de l'agrément, il
engagea la petite société à passer

l'hiver à Paris, tandis qu'il iroit au château de Dormonville, situé dans les environs de Compiègne, et qu'il reviendroit fréquemment à Paris pour s'occuper d'arranger l'agréable demeure où il conduiroit les deux familles, au printemps. Dorvigny applaudit à ce projet, parce qu'il servoit l'intention où il étoit d'attaquer le juif Abraham. Les deux mères restèrent à Paris, avec leurs enfants. M. Dormonville emmena au château les domestiques qui n'étoient pas nécessaires, et s'occupa d'embellir la demeure de ses pères, pour y recevoir ses enfans.

Dorvigny avoit été exact à aller chez l'ambassadeur de Naples, savoir des nouvelles de son frère. La blessure, quoique grave, ne s'étoit pas trouvée mortelle, et au bout d'un

mois, on comptoit sur sa guérison
au printemps, qui eut lieu en effet
à cette époque, et lui permit de
retourner en Italie. L'ambassadeur,
charmé de l'esprit et des manières
de Dorvigny, l'avoit accueilli avec
distinction, et l'estime qu'il lui avoit
inspirée avoit effacé de son esprit
toute idée de vengeance à l'égard
de Saint-Léon. Le titre de l'ami de
Dorvigny le disposoit même à lui
supposer des qualités estimables,
malgré la légèreté de sa conduite
avec Fiorina.

Dorvigny avoit cru servir à-la-fois
l'humanité et son ami, en cherchant
à connoître le sort de la comtesse.
Sa blessure avoit été peu dangereuse ; elle en étoit guérie au
bout de quelques semaines ; mais son
cœur étoit malade d'inquiétude

pour Saint-Léon, et du regret de
ne le plus voir. Dorvigny, qui crai-
gnit qu'elle ne conservât l'idée de
renouer sa liaison avec Saint-Léon,
et que, d'après la rupture de son
mariage avec le comte de Campo-
bello, elle ne voulût chercher à
s'unir avec lui, fit savoir à Fiorina
qu'il étoit parti de Paris, et qu'elle
ne devoit pas espérer de le revoir.
Cette nouvelle lui fit verser beaucoup de larmes; mais comme Saint-
Léon la lui avoit annoncée, dans
leur dernière entrevue, elle y étoit
préparée. Peu-à-peu de nouveaux
objets se présentèrent à ses pensées ; la duchesse de Cassano recevoit beaucoup de monde. La belle
Fiorina, que l'on savoit rompre son
mariage avec le comte de Campo-
bello , eut bientôt de nombreux

adorateurs, et finit par former un nouveau mariage avec un grand d'Espagne, qui l'emmena à Madrid.

Les émissaires que Dorvigny avoit envoyés à la suite de Saint-Léon, étoient en route depuis deux mois, sans avoir rien découvert; ils se mettoient sur les traces de plusieurs voyageurs, et quand, après beaucoup de peines, ils les joignoient, ils ne trouvoient point celui qu'ils cherchoient. Dorvigny s'imagina qu'il seroit peut-être dans les environs de Lyon, et comme il avoit préparé toute son attaque contre le juif Abraham, il résolut d'y aller lui-même, pour tâcher de le trouver, et en même temps arracher quelques débris de sa fortune à celui qui la lui avoit fait perdre. Il avoit fait constater le désordre, l'irrégularité des contrats que Saint-Léon avoit passés avec le juif Abraham ; il étoit même porteur d'une décision des tribunaux contre cet usurier, qui lui donnoit les moyens de le faire arrêter. Il partit donc pour exécuter son plan.

M. Dormonville se tint à Paris, pour que les dames n'y restassent pas seules. Son ami, le duc de ***, étoit venu y passer l'hiver. Dormonville alla lui rendre visite, et le duc, charmé de le revoir, lui fit promettre de se trouver souvent ensemble, et que sa société devînt la sienne. Il s'empressa de venir voir madame Dormonville, et fut aussi surpris qu'enchanté à la vue des trois jeunes personnes qui étoient auprès d'elles. Célestine étoit d'une rare beauté. Lydie étoit charmante, sans avoir autant de régularité dans les traits, et la jeune Elisabeth ; qui avoit atteint quatorze ans, avoit le minois le plus piquant : c'étoit une de ces figures sans caractère de grande beauté, mais qui, par la vivacité des yeux, par la fraîcheur du teint, par un sourire enfantin, qui laissoit apercevoir les plus belles dents, et qui formoit deux petits trous dans ses joues, plaisoit de suite, et gagnoit le cœur sans qu'on, soupçonnât d'autant de pouvoir son petit air mutin.

Le duc de *** voulut absolument que les trois Graces vinssent à un bal qu'il se proposoit de donner et qu'il assura madame Dormonville avoir pour objet de célébrer la résurrection de son époux. On ne pouvoit refuser cette invitation ;

et, malgré le chagrin que Célestine éprouvoit, de ne recevoir aucune nouvelle de Saint-Léon, pour plaire à Lydie et à Elisabeth, qui refusoient d'aller à ce bal si elle n'y venoit pas, elle consentit à y aller.

L'apparition de ces trois jeunes personnes, au bal du duc de ***, fit une grande sensation. On ne pouvoit se lasser de les admirer. Tous les danseurs sollicitoient la faveur de danser avec elles. Célestine avoit une robe blanche, ornée d'une garniture bleu de ciel et argent. Ses cheveux, dans lesquels étoient placées des fleurs analogues à sa parure, étoient relevés avec grace; quelques boucles s'échappoient des deux côtés, et tomboient sur un cou parfait, aussi blanc que le plus bel albâtre.

5.

Lydie avoit une robe rose, brodée en argent; ses cheveux bruns, se mêloient avec art dans un bandeau pareil à sa robe, et étoient retenus par un peigne orné de diamants. Elle avoit beaucoup d'éclat.

Elisabeth étoit tout en blanc; ses cheveux séparés sur le front. Un petit corset de satin blanc dessinoit sa taille fine et bien prise : c'étoit une nymphe de quatorze ans.

La duchesse de *** étoit enchantée des trois provinciales ; tout le cercle partageoit le même sentiment; et parmi les hommes, il y avoit déjà des amans et des rivaux. Dès le lendemain, on observoit à la porte de l'hôtel, si les aimables sœurs sortiroient; on suivoit leur voiture, et si-tôt qu'elles paroissoient au spectacle, ou dans une société, plus d'un chevalier très-épris cherchoit à être écouté. Lydie, jeune femme, avoit auprès d'elle l'essaim des papillons, qui s'occupent de piller les trésors de l'hymen. Mais il régnoit autour d'elle une atmosphère de décence et de vertu, qui appesantissoit la légèreté de leurs ailes, affadissoit la subtilité de leurs séductions, ternissoit leur éclat, et les faisoit rétrograder honteusement. Leurs traits impuissants étoient repoussés par une égide invincible! Ils étoient réduits à admirer Lydie, et à envier le bonheur de son époux.

Célestine avoit été vivement remarquée de plusieurs jeunes gens. Ses traits, qui respiroient une douce mélancolie, étoient propres à causer de profondes impressions. Le

marquis de Dreux, homme de trente
ans, d'une belle figure, d'un caractère noble et aimable, et possesseur
d'une grande fortune, ressentit vivement le pouvoir de ses charmes.
Il étoit ami du duc de *** ; il lui fit
part du sentiment qu'il éprouvoit,
et le pria de le présenter chez madame Dormonville, en lui commu-
niquant son intention de demander la main de Célestine, s'il avoit
le bonheur de lui plaire. Le duc
s'empressa de seconder son intention. L'intérêt qu'il prenoit à Dormonville, s'étoit étendu à la famille
Dorvigny ; et il eût été charmé de
contribuer à l'union du marquis
avec une aussi belle personne que
Célestine. Florimont avoit renou-
velé la demande de sa main, quelques jours auparavant. Madame

Dorvigny y avoit répondu avec beaucoup de politesse, mais lui avoit dit que sa fille étoit promise, et qu'elle ne pouvoit plus la lui accorder. Florimont s'étoit piqué, et avoit annoncé à madame Dorvigny qu'il alloit se marier à Bruxelles, puisqu'il étoit impossible d'obtenir la belle Célestine. Il partit en effet, et, quelque temps après, épousa une jeune personne, à qui il avoit inspiré beaucoup d'amour, et que son étourderie lui avoit fait délaisser.

Le marquis de Dreux étoit un homme sage, réfléchi; sa société plaisoit beaucoup à madame Dormonville et à madame Dorvigny. Les trois sœurs le préféroient à tous les autres hommes qui avoient l'entrée de leur maison, parce que sa conversation étoit amusante sans

être superficielle. Né avec le talent
de l'observation, il ne tarda pas à
découvrir que Célestine nourrissoit une passion secrète. Il voulut
s'ouvrir à madame Dorvigny, sur le
sentiment que sa fille lui inspiroit,
en se promettant d'en triompher,
si ses soupçons étoient fondés. Il
profita de la première occasion où
il put lui parler seul; il lui découvrit
son amour pour Célestine, et l'espoir qu'il avoit eu d'obtenir sa main.
Madame Dorvigny fut touchée de la
manière délicate dont le marquis
s'exprimoit; il annonçoit ne vouloir
contrarier en rien le cœur de Célestine, et être prêt à sacrifier son
penchant, pour servir celui qu'elle
pourroit ressentir. Il avoit inspiré
tant d'estime à madame Dorvigny,
que celle-ci ne lui cacha pas l'in-

clination que sa fille avoit pour
Saint-Léon, et le projet qu'elle avoit
de lui donner la main de Célestine,
aussitôt qu'on l'auroit fait revenir
à Paris. Mais, dit le marquis, si
Saint-Léon étoit parti pour des pays
lointains; s'il ne revenoit pas.... Ma
fille décidera de son nouveau choix
dans ce cas, dit madame Dorvigny;
et si elle consentoit à vous donner
sa main, je ne pourrois que l'ap-
prouver; mais c'est d'elle seule que
vous pourriez l'obtenir. Le marquis,
malgré ce que lui apprenoit madame Dorvigny, ne perdit pas tout
espoir. Il continua ses assiduités auprès de Célestine, et ne put résister à lui faire connoître son amour.
Il trouva moyen d'être un moment
seul avec elle ; il l'employa à lui
découvrir sa passion. Mademoiselle,

lui dit-il, permettez-moi de vous faire
un aveu, que je ne puis cacher plus
long-temps. Vous m'avez inspiré des
sentimens qui ne s'effaceront jamais. Ma fortune est considérable;
j'occupe un rang assez distingué
dans la société; j'ose répondre de
mon caractère, il est enclin à la dou-
ceur, et surtout inébranlable dans
ses affections.... pouvez-vous m'accorder l'espoir d'obtenir un jour
votre main? Célestine étoit interdite
et confuse; ses yeux étoient baissés;
ses joues étoient couvertes d'une
rougeur qui les faisoient ressem-
bler à deux belles roses.... Monsieur,
dit-elle, à voix basse et entrecou-
pée par des soupirs, je vous estime
beaucoup..... mais je ne puis plus
accorder ni ma main...... ni mon
cœur.... Mon sort est décidé à cet

égard; et si les vœux de ma famille,
en ce moment, pour m'unir à un
ami de mon frère..... que..... j'aime
depuis mon enfance, ne sont pas
exaucés, je n'aurai jamais d'autre
époux. En achevant ces mots, Célestine fondit en larmes.... Aimable
et chère Célestine, lui dit avec feu
le marquis, conservez l'espoir que
votre belle ame verra ses affections
satisfaites; ne voyez plus en moi un
amant. Je suis digne de la confiance
que vous m'accordez; et malgré les
souffrances que mon cœur éprouve
à renoncer à l'espoir de vous posséder, je saurai respecter les nœuds
sacrés qui vous lient; et je vous demande la grace d'être regardé de
vous, comme le plus véritable ami.
Il prit la main de Célestine, la serra
avec affection, et sortit.

Les spectacles , les bals, les con-
certs ne pouvoient distraire Célestine de sa mélancolie , qui s'accrois-
soit chaque jour. Trois mois s'étoient
écoulés , sans avoir la moindre nouvelle de Saint-Léon. Elle commençoit à perdre l'espoir de le revoir ;
et sa tristesse résistoit aux soins de
toute sa famille, empressée autour
d'elle.

Qu'étoit donc devenu Saint-Léon?
mettons-nous aussi à sa recherche.
Suivi d'André, il s'étoit dirigé vers
la route de Flandres, et la cotoyoit
sans oser y entrer, pour ne pas être
remarqué. Il courut jusqu'à l'entrée
de la nuit, et ne s'arrêta que quelques instants dans les villages où
il fut forcé de laisser prendre un peu
de repos à son cheval. Il erroit à
dix heures du soir, à vingt lieues

de Paris, dans la forêt de Compiègne. Il faisoit un temps affreux;
ses chevaux étoient rendus; il ne
savoit de quel côté se diriger, et se
trouvoit perdu au milieu des bois.
La blessure de son bras le faisoit
souffrir; il avoit perdu beaucoup de
sang, par deux autres coups d'épée
qu'il avoit reçus dans le corps. Son
courage l'avoit soutenu jusqu'alors,
contre ces souffrances; la situation
d'esprit où il se trouvoit, le faisoit
triompher des douleurs physiques,
mais il sentit que ses forces l'aban-
noient. André, dit-il à son domestique, il est inutile de vouloir aller plus loin : viens m'aider à descendre de cheval. Je vais me mettre
au pied d'un arbre et m'y reposer;
car je me sens d'une foiblesse extrême, et je perds toutes mes for-

ces. Mon cher maître, dit André, prenez un peu de courage; j'aperçois une lumière à travers la forêt; elle ne doit pas être éloignée. Blessé comme vous l'êtes, vous ne pouvez pas rester la nuit sous un arbre..... il vous faut des secours; il y a sûrement, à l'endroit où je vois une lumière, une maison dans laquelle nous pourrons être a l'abri : tâchons d'y arriver. Il m'est impossible d'aller plus loin, dit Saint-Léon, en s'efforçant de s'ôter de dessus la selle.... André vint l'aider, et à peine fut-il assis au pied d'un arbre, qu'il s'évanouit. Mon maître, mon cher maître! s'écrioit André! Ah, mon Dieu, ne lui ôtez pas la vie!..... et il s'efforçoit de l'y rappeler. La pluie tomboit par torrent; le tonnerre grondoit avec fracas : le pauvre An-

dré croyoit son maître mort, et ne
savoit que faire pour le secourir.
Voyant ses efforts inutiles, il se résolut à tâcher de gagner la maison
qu'il avoit cru apercevoir, pour y
demander un asile et des secours
pour Saint-Léon. Il remonta à cheval et courut vers la lumière qui
brilloit devant lui. Il arriva à une
ferme isolée dans la forêt. Il frappe
à coups redoublés.... Ah! Sainte
Vierge, dit une vieille femme,
qu'est-ce que c'est que ça? Va donc
voir Jacquette; et une voix de
jeune fille demande d'un ton mal
assuré: qui est là?.... André répond:
ce sont deux pauvres voyageurs
qui sont demi-morts de froid et de
fatigue, et dont l'un est expirant à
quelque distance d'ici.... Ah! mes
bonnes ames, ayez pitié de nous,

ouvrez-nous votre porte; Dieu vous
récompensera.... Ma tante, dit Jacquette, il parle du bon Dieu ; ce ne
peut pas être un voleur... Voyons,
voyons, dit la tante; et montant à
une petite lucarne, elle met la tête
dehors, avec sa chandelle, et aperçut André, dont la physionomie la
rassura. Ma bonne mère, lui dit celui-ci, je ne suis qu'un pauvre diable de domestique, et c'est moins
pour moi que je vous prie de m'ouvrir votre porte, que pour mon
maître, un beau jeune homme qui
est prêt d'expirer à la fleur de son
âge.... Pauvre enfant... dit la vieille !
Allons, allons, je vais ouvrir la
grande porte. En effet, la bonne
femme, aidée de Jacquette, ouvrit
la porte de la cour, et André y
entra. Aussitôt qu'il eût attaché son

cheval, il pria Jacquette de se mettre à la fenêtre, avec une chandelle allumée, parce qu'il alloit courir chercher son maître ; et il engagea la bonne Mathurine à préparer un bon feu. L'espoir de faire trouver à Saint-Léon des secours efficaces, lui donna des ailes ; il le retrouva assis contre l'arbre où il l'avoit laissé, revenu de son évanouissement, mais extrêmement affoibli. Sa joie fut inexprimable, en lui entendant prononcer quelques mots. Allons, mon cher maître, tâchez de retrouver des forces, voilà une maison, un bon feu, de braves gens, un bon gîte. Saint-Léon fit un effort et remonta sur son cheval. André marchoit devant ; Jacquette tenoit sa chandelle allumée hors de la maison, et leur servoit de boussole Enfin ils arrivèrent à la ferme. La grande porte se referma, et Saint-Léon, soutenu par André, entra dans la chambre où Mathurine avoit allumé un bon feu; il se jeta dans une chaise, et l'on s'empressa de lui donner des secours propres à le ranimer.... Le beau jeune homme, disoit Mathurine; quel dommage qu'il fût mort dans c'tte forêt!.. Ah! mon Dieu, dit Jacquette, voyez donc ma tante, il a un bras tout convert de sang! Sainte-Vierge! dit Mathurine, a-t-il été attaqué par les voleurs? Oui, dit André, à trois lieues d'ici .... Sommes-nous loin de Compiègne? Il faut que j'aille chercher un chirurgien, à la pointe du jour. Il n'y a que deux petites lieues, dit Mathurine, mais il faudra vous mon-

trer le chemin. Reposez-vous, mon
enfant, et demain matin vous irez
chercher le médecin. André cou-
cha Saint-Léon dans le lit que la
bonne Mathurine avoit préparé,
après avoir pansé ses blessures du
mieux qu'il avoit pu. Delà il alla
soigner ses chevaux, et revint s'asseoir à côté du lit de son maître.
Mathurine et Jacquette voulurent
le faire aller se coucher dans une
petite chambre qu'elles lui avoient
préparée; mais il ne voulut pas
bouger d'auprès du lit de Saint-
Léon, et il contraignit Mathurine
et Jacquette à aller se reposer. Aussitôt que le coq eût chanté, Mathurine se leva et vint prendre la
place d'André, auprès du lit du malade. André sella les deux chevaux.
Jaquette étoit aussi debout; elle

alla lui indiquer le chemin de Compiègne. Il n'y avoit que quelques détours à connoître, et il s'y rendit en peu de temps. Il s'informa d'un chirurgien, pour venir traiter quelqu'un de malade à la campagne : on lui en indiqua un. C'étoit un jeune homme aussi complaisant qu'instruit, qui monta de suite le cheval qu'André lui avoit amené, et se rendit, avec ce dernier, à la ferme de Belle-Ombre.

Il trouva Saint-Léon avec une grosse fièvre, dans le délire, et annonçant les symptômes d'une maladie sérieuse. Il se borna à lui panser le bras, qui étoit percé d'outre en outre; mais heureusement l'os et les articulations n'avoient pas été attaqués. Les coups d'épée, au nombre de trois, n'avoient que quelques

lignes de profondeur, et ne méri-
toient qu'une légère attention. La
fièvre inquiétoit le plus le chirurgien. Il faudroit, dit-il à André,
essayer de transporter votre maître
à Compiègne; mais celui-ci le prenant à part, lui confia qu'il avoit
eu le malheur de tuer en duel un
homme de haut rang, et qu'il crai-
gnoit d'être poursuivi. Le jeune chirurgien consentit alors à venir tous
les matins à la ferme, et André
s'arrangea pour laisser un des chevaux à Compiègne, sur lequel le
premier montoit, pour venir voir
son malade et retourner à la ville.

André s'arrangea aussi avec la
vieille Mathurine, et lui loua sa
ferme pour six mois, le prix qu'elle
en payoit par an. La bonne femme
trouvoit que c'étoit trop d'argent,

mais André vouloit récompenser le
zèle de Mathurine pour son maître,
et ne voulut pas en démordre. La
somme n'étoit pas bien considérable. Cette ferme consistoit dans une
assez grande maison, mais il y avoit
peu de terre. Une grande cour, une
étable, une écurie, la maison, for-
moient un carré, entouré de bons
murs; de l'autre côté étoit un grand
jardin négligé, entouré de fortes
haies d'aubépine; au bout du jardin,
un bouquet de vieux tilleuls, puis
une petite prairie, qui étoit baignée
par la rivière de l'Oise. Sur l'un des
côtés, il y avoit un assez bon verger,
aussi fermé de haies, et de l'autre,
la vaste et belle forêt de Compiègne. La ferme de Belle-Ombre
étoit propre à faire une charmante
solitude, mais avoit besoin de bras

qui pussent en tirer parti. Mathurine étoit veuve depuis un an. Elle
avoit une petite rente à la ville qui
suffisoit à son existence et à celle
de sa nièce Jaquette. Elle n'avoit
besoin de recueillir sur sa ferme
que ce qu'il falloit pour en payer
le loyer ; de sorte qu'elle ne cherchoit pas à en tirer grand parti. Elle
avoit deux vaches, dont Jaquette
prenoit soin ; on se nourrissoit de
leur lait, et, du superflu, on faisoit
des fromages que l'on vendoit à la
ville. La basse-cour n'étoit pas mal
garnie ; Jaquette avoit bien soin des
animaux, mais le jardin languissoit ;
ses bras n'étoient pas assez vigoureux pour manier la bêche. C'étoit
une jolie fille de dix-huit ans, et
André, au bout de huit jours, avoit
fait la réflexion que si ses bras

étoient unis aux soins que Jaquette
prenoit de la maison, la petite ferme
prospéreroit. Il entreprit de rétablir
le jardin, et il alloit alternativement
de la chambre de Saint-Léon à la
bêche, et de la bêche à la chambre
de Saint-Léon.

  Celui-ci fut pendant un mois
entre la vie et la mort; une fièvre
brûlante, un délire sans fin l'agi-
toient continuellement. Les noms
de Célestine et de Dorvigny étoient
sans cesse sur ses lèvres. Pardonnez-
moi, disoit-il, pardonnez-moi mes
erreurs !.... Célestine! je te le jure,
je n'ai jamais aimé que toi... Je t'aimerai toujours.... Je ne veux vivre
que pour toi... que pour cette vertu
à laquelle tu donnes tant de charmes... Le bon jeune homme! disoit
la vieille Mathurine, i' m' fait pleu-

rer. Enfin, au bout de quarante jours, la foiblesse succéda à cette ardeur de son sang : sa raison revint; des transpirations favorables dégagèrent ses veines du feu qui les brûloit. La blessure de son bras commença aussi à se fermer; et le chirurgien, qui avoit été très-alarmé, répondit de ses jours. André, qui se trouvoit là quand il avoit annoncé cette opinion sur son malade, lui demanda la permission de l'embrasser, et sembla doubler de vigueur et d'activité. Il n'avoit pas encore ri depuis son arrivée à la ferme de Belle-Ombre, mais aussitôt que ses craintes pour Saint-Léon furent dissipées, ce fut un autre homme. Sa physionomie s'éclaircit; les chansons firent retentir les échos de la forêt, et la bonne Mathurine ne pouvoit

se lasser d'admirer ce brave garçon.
Le jardin étoit devenu superbe; les
allées en étoient bien dessinées. Tous
les carrés avoient été soigneusement
garnis de légumes, et les plate-bandes,
de fleurs, qui n'attendoient que le
retour du printemps qui s'approchoit, pour donner au jardin un
aspect enchanteur. Le bouquet de
tilleuls avoit été nettoyé; André
avoit planté des lilas, et une quantité d'autres arbrisseaux, qu'il étoit
allé chercher à diverses fois à Compiègne; mais si la bonne Mathurine
admiroit André, Jaquette ne le trouvoit pas moins à son gré : de son
côté, Jaquette lui plaisoit beaucoup,
et il pensoit souvent, en bêchant le
jardin, que s'il se marioit avec elle,
cette petite ferme seroit pour lui
l'asile du bonheur.

Après avoir gardé le lit pendant deux mois, Saint-Léon, appuyé sur l'épaule d'André, commença à se lever. L'hiver s'enfuyoit, et l'on apercevoit déjà quelque mouvement de séve dans les arbres de la forêt. Les idées de Saint-Léon sembloient renaître avec la nature. Cette fougue d'imagination, qui lui avoit causé tant d'égarements, avoit fait place à une douce sensibilité; ses pensées s'élevoient à l'auteur des merveilles qui l'entouroient; cette vaste enceinte des forêts, cette solitude majestueuse, sembloient former une barrière entre lui et les passions du monde. Oh mon dieu! disoit-il souvent, Célestine et ce champêtre asile, voilà ce que je vous demanderois pour avoir tout le bonheur qu'une foible créature peut renfer-

6.

mer dans son cœur! Peu-à-peu ses forces revinrent; il descendit dans le jardin, et à chaque chose qu'il remarquoit, Jaquette ne manquoit pas de dire : c'est M. André qui a fait ça; elle racontoit qu'avant qu'il fût là, tout étoit plein de ronces et de broussailles, et que depuis son arrivée, tout étoit devenu superbe. Saint-Léon, en l'écoutant, n'avoit pas de peine à deviner de quelle nature étoit l'intérêt qu'elle prenoit à André. Il parla de la jeune fille à André, et celui-ci fit d'elle un éloge complet; il vantoit surtout ses soins, sa vigilance, pendant tout le temps de la maladie de son maître. Eh bien, dit Saint-Léon, pourquoi ne l'épouserois-tu pas? veux-tu aller chercher le bonheur ailleurs, quand il s'offre à toi ici? Tu feras

valoir cette petite ferme le double
de ce qu'elle rend entre les mains
de ces deux femmes ; tu auras dans
Jaquette une épouse jeune, jolie,
t'aimant bien, active et intelligente ;
la petite rente de Mathurine, dont
elle est héritière, assure votre existence, quand bien même tu ne re-
tirerois rien de cette ferme ; et moi
je te donne cent louis, pour occuper
quelques chambres dans la maison.
Ah ! mon cher maître, dit André hors
de lui, vous me mettez dans le pa-
radis : mais puis-je accepter votre
offre généreuse, après les malheurs
que vous avez éprouvés ? — Sois tranquille à cet égard, j'ai plus qu'il me
faut. Allons, marie-toi tout de suite
et ne laisse point échapper le bonheur quand tu le peux saisir... Que
n'ai-je su profiter de l'occasion qui

s'est présentée d'être le plus fortuné des hommes !... Crois-moi : il faut que d'ici à quinze jours tu sois marié ; je vais en parler à Mathurine. — Oh mon bon maître ! que je vais être heureux ! dit André.

Aussitôt que Saint-Léon eût parlé de ce mariage à la bonne femme, elle en fut toute ravie, et y donna de suite son consentement. Elle appela Jaquette : ma nièce, sais-tu ben c'que monsieur dit ? — Non ma tante. — I' dit comm' ça qu'André t'aime. — Il a ben d'la bonté, ma tante. — Et que tu aimes André. — Oh ça c'est vrai, ma tante. — Et i' veut vous marier. — Je n' demandons pas mieux, ma tante. — Ni moi non plus, s'écria André, qui avoit écouté la conversation de la chambre voisine ; il embrassa Jaquette qui étoit confuse,

et la bonne Mathurine qui ne se
sentoit pas de joie. Il fut convenu
qu'André partiroit le lendemain
pour Lille, sa patrie, pour avoir
les papiers nécessaires, et en même
temps ramener les malles de Saint-
Léon qu'il y avoit adressées. Celui-ci,
en voyant les heureux qu'il faisoit,
éprouvoit une satisfaction qu'il n'a-
voit pas ressentie depuis long-temps.
Quelles fausses jouissances j'ai pour-
suivies ! se disoit-il : moi qui pouvois
faire tant de bien ; moi qui pouvois
répandre l'abondance sur tout ce
qui m'environnoit, et me faire bé-
nir par mes bienfaits !... Voici la première fois que je fais un bon usage de
cet or que j'ai prodigué si aveuglé-
ment, et d'une manière si insensée.

André fut dix jours dans son voyage. Il revint avec une voiture, sur

laquelle il avoit fait mettre cinq grandes malles bien remplies, qui étoient d'autant plus précieuses pour Saint-Léon, qu'André avoit eu soin d'y mettre les bijoux, les diamants, l'argenterie, et tout ce qu'il avoit trouvé de grande valeur dans la maison de son maître. Saint-Léon lui avoit dit aussi d'apporter quelques meubles, des livres, une guitare. André, qui vouloit embellir la ferme, pour tâcher d'y faire rester Saint-Léon long-temps, avoit exécuté toutes ses commissions avec intelligence. Il avoit pris de jolis papiers, pour embellir l'appartement que son maître occupoit; et il étoit aussi impatient de lui créer une agréable habitation, que de devenir l'époux de Jaquette.

Il fit porter les malles, avec un air

de triomphe, dans la chambre de
ce dernier. Celui-ci, qui autrefois
n'auroit pas cru *ces misères* dignes
de son attention, fut charmé de
retrouver des débris de son naufrage ; et pendant qu'André, Mathurine et Jaquette, étoient au bourg
voisin, pour remplir les formalités
préliminaires du mariage, il s'occupoit à dresser l'inventaire de ce qui
lui restoit, avec un ordre qui étoit
le contraste parfait de sa manière
d'être précédente. Ce même homme,
qui quelque temps auparavant
donnoit un collier de quinze mille
écus à mademoiselle D***, comme
il eût donné la moindre bagatelle,
mettoit soigneusement de côté les
bijoux et les diamants qu'il retrou-
voit en ce moment. Je pourai faire
du bien, se disoit-il, en remplaçant,

par une sage économie, ma prodigalité, ma dissipation ; je suis encore
assez riche, pour pouvoir essuyer
quelquefois les larmes du malheur.
C'est à ce brave André que je suis
redevable des jouissances que je
puis goûter encore. Pour l'en récompenser, il résolut d'acheter la
ferme et de la lui donner. Une montre ornée de diamants fut destinée à
cet usage.

Le propriétaire de la ferme demeuroit de l'autre côté de l'Oise, à
une lieue de distance. Saint - Léon
prétexta le besoin de monter un peu
à cheval, pour rétablir ses forces,
et se rendit seul chez lui. C'étoit un
homme qui faisoit des affaires de
commerce, et étoit intéressé dans
une manufacture voisine. Il accepta
volontiers la proposition de Saint-

Léon, de lui compter de suite une somme de six mille francs, contre la ferme de Belle-Ombre. On convint d'une heure le lendemain, pour passer le contrat chez le propriétaire, par devant notaire. L'affaire fut faite en ordre ; Saint - Léon compta la somme, et revint le lendemain à la ferme de Belle-Ombre, avec le contrat, qui en déclaroit André propriétaire.

Il appela André, aussitôt son retour. Il éprouvoit un sentiment délicieux ; cent louis étoient placés sur le contrat posé sur une petite table : c'étoit le présent de noce. L'ame généreuse de Saint - Léon goûtoit le plaisir de témoigner sa reconnoissance. Quelle joie pure ! se disoit-il, quel charme on éprouve à faire des heureux ! André entra, la gaieté sur

le visage; il revenoit du bourg, tout
étoit arrangé; le contrat devoit se
dresser le lendemain. André, dit
Saint-Léon, en indiquant la petite
table, tu feras demain ton contrat:
voilà ce que tu y mettras. Grand
merci, mon cher maître, dit André;
j'accepte vos dons pour vous obéir,
car vos malheurs.... Tu m'as rendu
riche, André, dit Saint-Léon, sois
tranquille à cet égard; prends ausssi
ce papier; c'est un titre qui te rend
propriétaire de cette ferme. Elle est
à toi, entièrement à toi... Oh! mon
bon maître, dit André, en versant
des larmes, c'est trop, c'est trop; je
ne mérite point tant de générosité...
Je n'ai que mon cœur, pour vous
payer de tant de bienfaits... Conser-
ve-le moi, mon bon André, dit Saint-
Léon : l'attachement d'un brave

homme tel que toi, est au dessus
de tout ce que je pourrois te donner¡

Mathurine et Jaquette, en appre-
nant le don que Saint-Léon venoit de
faire à André, ne pouvoient croire
à leur bonheur; il leur sembloit
un rêve. La ferme leur paroissoit
mille fois plus belle. Ces arbres, cette
prairie, ce verger, tout cela est à
nous, se disoient-ils, oh, que nous
sommes riches! oh, que nous allons être heureux! Mes enfans, dit
la bonne Mathurine, le bon Dieu
récompense toujours les bonnes actions. Si nous avions fermé notre
porte à ce bon monsieur Edouard,
(c'étoit le nom que prenoit Saint-
Léon), cette belle ferme ne seroit
point à vous; et je n'aurois point
André, dit Jaquette.

Les préparatifs de la noce se fi-

rent sans grand bruit. Le père d'André et un de ses oncles arrivèrent
de Lille, pour y assister. Quelques
parents de Mathurine y vinrent
également. Le chirurgien qui avoit
soigné Saint-Léon, n'avoit pas été
oublié. Cela formoit une réunion
d'une vingtaine de personnes. On
étoit au milieu d'avril ; le printemps
paroissoit dans tous ses charmes ; le
jardin de la ferme avoit fourni de
bouquets toute la noce, et brilloit
encore de l'éclat des roses, des pri-
mevères, des violiers ; les arbres de
la forêt se couvroient d'un feuillage nouveau, dont la verdure char-
moit les yeux ; un beau soleil glis-
soit ses rayons d'or à travers leurs
ombrages majestueux. Sous leurs
vastes berceaux, la noce champêtre,
précédée de la cornemuse ornée de

rubans, se dirigeoit vers le petit bourg voisin, pour avoir la bénédiction du curé. Saint-Léon, qui jouissoit du bonheur d'André et de l'aimable joie qui l'entouroit, sentoit une satisfaction intérieure qui adoucissoit ses chagrins. La santé commençoit à ranimer son teint, sa taille surpassoit celle de tous ceux qui l'entouroient; il avoit l'air d'un jeune dieu, se mêlant aux jeux des mortels. Le chirurgien contemploit avec ravissement ce bel être, qu'il avoit arraché à la mort.

On arriva au bourg. Saint-Léon donna le bras à Jaquette, le père d'André conduisoit son fils, le chirurgien aidoit la bonne Mathurine; le reste de la noce suivoit, deux à deux. C'étoit un jour de dimanche. Les paysans rassemblés autour de

l'église, accoururent sur le passage
de la mariée, qui étoit une des plus
jolies filles de la Picardie. André
étoit un gros garçon, vigoureuse-
ment bâti, d'une taille moyenne,
et d'une figure joyeuse, brillante de
santé. Le marié et la mariée n'eu-.
rent donc que des compliments à
entendre autour d'eux. Quel est ce
jeune seigneur? se demandoient-ils
les uns aux autres, en regardant
Saint-Léon. C'est le fils du duc de***,
disoit l'un; non, c'est le chevalier
de***, disoit un autre. Le beau jeune
homme, disoient-ils tous. La célébration du mariage étant achevée,
André prit le bras de Jaquette, et
la noce reprit le chemin de la forêt.
La cornemuse faisoit retentir les
échos; les habitans du bourg sor-
toient de leur maison, pour voir pas-

ser le joyeux cortège. Le marquis
de Dreux revenoit d'une partie de
chasse, dans les environs, et se trouvoit dans ce moment à l'auberge du
bourg, où ses chevaux reposoient.
Ami des scènes qui retracent la sim-
plicité villageoise et leurs plaisirs,
il s'étoit mis à la porte de l'auberge
pour voir aussi passer la noce. Il
admira la beauté de Jaquette, mais
fut frappé d'étonnement, lorsqu'il
remarqua Saint-Léon, qui suivoit
la troupe joyeuse, en causant avec
le chirurgien. Il avoit chaud dans
ce moment, et portoit son chapeau
à la main; ce qui donna au marquis
le moyen de voir entièrement son
visage. Sa démarche noble, sa taille
élevée, la beauté de ses traits, sur-
prirent le marquis. Quel est ce jeune
homme? demanda-t-il, avec empres-

sement. On lui répondit qu'on le voyoit pour la première fois. Il envoya quelqu'un faire la même question à des personnes de la noce, qui déjà s'enfonçoit dans la forêt. Tout ce qu'on put lui apprendre, fut qu'il s'appeloit monsieur Edouard, et qu'il demeuroit à la ferme de Belle - Ombre. Edouard , disoit le marquis ; ce n'est qu'un prénom.... ne seroit-ce point Saint-Léon ? cette figure est trop remarquable pour l'habitant d'une ferme. Je veux faire part de cette aventure à la famille Dorvigny. Si Saint-Léon se nomme Edouard, ce jeune inconnu doit être lui ; car sa beauté le rend digne de Célestine. Une affaire importante qui l'appeloit de suite à Rheims, lui fit différer la communication de cette découverte.

La noce suivoit les détours ver-
doyans de la forêt, et arrivoit à la
ferme. Saint-Léon assista au banquet. On dansa sur la prairie, sur
les bords de l'Oise. La journée s'é-
coula dans une aimable gaieté. Le
soir, deux bateaux reçurent les
amis invités à la fête. La cornemuse,
placée sur le bout d'une des barques
légères, faisoit retentir la vaste forêt,
tandis que les rames soulevoient
les ondes argentées par l'éclat de
l'astre des nuits. Saint-Léon, assis
au pied d'un saule, contemploit cette
scène, qui lui rappeloit la maison
des Peupliers. La Garonne, la grotte
de Calypso, et surtout cette aimable enfant qui lui avoit donné une
boucle de ses blonds cheveux. Célestine! Célestine! s'écrioit-il, suis-
je donc condamné à ne plus te re-

voir? Devrois-je donc finir ma vie, sans contempler encore cet être charmant, pour lequel seul je sens que je tiens à l'existence? Ah! sans doute, sa beauté m'aura fait bien des rivaux. Peut-on la voir et ne pas l'aimer? A Paris, au milieu des fêtes que M. Dormonville aura voulu donner à sa famille, il est impossible que Célestine n'ait pas été distinguée.... que sa main n'ait pas été recherchée.... Oh ciel! si un autre.... ah! je ne puis supporter cette idée.... s'il étoit vrai, ces ondes seroient mon tombeau.

Il s'arracha à ses douloureuses réflexions, et rentra à la ferme. André avoit enlevé Jaquette. La bonne Mathurine, causoit avec le père et l'oncle d'André, en attendant Saint-Léon. Celui-ci rentré,

chacun alla goûter le repos qui suit
une heureuse journée.

Le père et l'oncle d'André prirent congé de lui au bout de quelques jours, et la ferme reprit sa première tranquillité. André, au comble du bonheur, s'efforçoit de dis-
siper la mélancolie de Saint-Léon.
Il avoit vu que celui-ci aimoit le bouquet de tilleul, qui étoit au bout
du jardin; et il apportoit tous ses
soins à rendre charmant ce bosquet,
rempli d'arbustes odorants. Le chè-
vre-feuille, le jasmin, la clématite,
entouroient les vieux troncs des
tilleuls, serpentoient dans leur feuillage, et retomboient en guirlandes
embaumées. Saint-Léon prenoit soin
des rosiers disposés à l'entour, dirigeoit les branches des lilas, plan-
toit d'autres arbres, pour donner

plus d'étendue au bosquet, et y passoit la plus grande partie de la journée. Il l'avoit nommé le temple de Célestine; son nom étoit écrit sur l'écorce d'un beau platane, qui faisoit partie du petit bois. Au milieu, il avoit élevé un piédestal, sur lequel il mettoit un beau rosier; il avoit écrit sur le piédestal, le premier vers de la chanson qu'il lui avoit donnée : *Célestine est une rose...* Il avoit disposé, dans un des coins du bosquet, une petite table, sous une cabane rustique, ornée de pampre et de lierre. C'étoit là que, entouré de ses livres, de sa musique, et des souvenirs de la maison *des Peupliers,* il passoit la plus grande partie de la journée. Des lectures sérieuses avoient remplacé les fictions aimables, mais corruptrices, qui l'avoient égaré. Cicéron étoit devenu son auteur favori. Sa raison et son cœur applaudissoient à la morale qu'il lui présentoit, embellie de tous les charmes de l'éloquence. Combien Dorvigny avoit droit, se disoit-il, de me vanter cet illustre Romain : c'est d'après lui qu'il s'est formé; c'est d'après lui qu'il est devenu un homme si estimable; tandis que moi, enivré d'une vaine fumée, je n'ai été qu'un extravagant.

Il étoit depuis quatre mois à la ferme. On entroit dans le mois de mai. Il ne put résister au désir de savoir des nouvelles de Célestine. Il croyoit raisonnable, en outre, car il agissoit depuis son départ de Paris, avec une raison digne de Dorvigny, il croyoit raisonnable, dis-je,

de s'informer des suites de son duel
avec le comte de Campo-bello. Quelquefois, en examinant ce qu'il pourroit retirer de la vente des divers
objets qu'André lui avoit ramenés,
il trouvoit qu'il auroit pu encore
réaliser une somme suffisante à lui
assurer une douce existence avec
Célestine, en vivant avec modéra-
tion. Dorvigny n'en demanderoit
pas même autant, disoit-il, et son
cœur iroit au-devant du mien. Mais
puis-je m'autoriser de l'affection de
mon ami, pour condamner Célestine à recevoir un époux ruiné,
quand elle peut prétendre aux plus
brillants partis ? Puis - je espérer
que mes égaremens lui paroî-
troient excusables ? Ces pensées
l'occupoient sans cesse. Il résolut
enfin d'en parler à André, et de

l'envoyer à Paris, pour prendre ces
informations. Aussitôt qu'il lui eût
confié ce qu'il vouloit de lui, André
se disposa à partir. Comment, mon
cher maître, cette demoiselle Célestine, que vous appelez si souvent,
que vous aimez tant, c'est celle que
nous avons délivrée sur la route
d'Orléans! Oui, André, disoit Saint-
Léon, qui pour la première fois lui
expliquoit cette aventure..... Mais,
mon bon dieu, elle doit vous aimer
plus que ses yeux! Ah! André, ma
conduite avec toutes ces comtesses!...
le dérangement de ma fortune! —
Elle vous aime, mon cher maître,
elle vous adore, j'en réponds; et
j'espère vous en donner bientôt
l'assurance. — Sois prudent, André,
pense que si le comte est mort de
sa blessure, j'ai des précautions à

prendre pour ma sûreté. — Soyez tranquille, je prends tout sur moi.

André alla prévenir Jaquette de son départ, et si-tôt qu'il lui eût dit que c'étoit pour M. Edouard, elle ne sentit plus de chagrin, et aida son mari à faire ses préparatifs. Saint-Léon avoit remplacé par la vente d'une montre garnie en beaux diamants, les six mille francs qu'il avoit déboursés pour l'achat de la ferme. Il donna à André l'argent qui lui étoit nécessaire ; et celui-ci partit, monté sur l'un des chevaux, comme un ambassadeur qui va sonder les intentions d'une cour étrangère.

Pendant que Saint - Léon rétablissoit, à la ferme de Belle-Ombre, sa santé et sa raison, Dorvigny s'occupoit utilement de la restaura-

tion de sa fortune. Il étoit parti
pour Lyon, muni des meilleurs ren-
seignements sur la conduite du juif
Abraham avec Saint-Léon. Il les
examina en silence, dans cette
ville; et quand il fut en position
de faire une attaque, à laquelle
les ruses et l'adresse du juif ne pouvoient opposer aucune résistance,
il se présenta chez lui. Il lui expli-
qua, avec beaucoup de gravité, le
sujet de sa visite, et le prévint que
s'il ne vouloit pas venir à un accom-
modement, il le dénonceroit aux
tribunaux, et le feroit arrêter. Le
petit homme fit une grimace ef-
froyable, et répéta plus de vingt
fois, *monsir, monsir*, avant de
pouvoir trouver une réplique.....
Dorvigny lui laissa jusqu'au lendemain à réfléchir, et lui annonça son

7.

retour, à une heure fixe, en lui recommandant de s'y trouver. Il fit soigneusement examiner la maison du juif, et suivre ses pas, pour qu'il ne pût lui échapper par la fuite. Celui-ci auroit pris ce parti, si tout son or avoit pu être ramassé en aussi peu de temps ; mais il n'y avoit pas moyen ; et d'après ce que lui avoit dit Dorvigny, il se voyoit en danger de perdre la liberté, s'il ne donnoit pas ce qu'on lui demanderoit. Dorvigny fut exact à revenir le lendemain, il renouvela sa demande à *monsir* Abraham, qui se défendit tant qu'il pût, mais qui finit par entrer en composition. Dorvigny demanda : 1.º La terre principale de la famille des Saint-Léon, qui consistoit en un beau château, à six lieues de Lyon, avec

un revenu de dix mille francs : le
juif Abraham, l'avoit eue pour quarante mille francs. 2.º Une belle
maison à Lyon, estimée cent mille
francs, qu'il avoit eue pour vingt
mille. 3.º Soixante mille francs en
argent. *Comment monsir*, s'écrioit
le petit juif, *moi rendre, moi resti-*
tuer! Oui monsieur Abraham, disoit Dorvigny, vous rendrez, vous
restituerez, et vous gagnerez encore
quatre-vingt mille francs ; car vous
avez acheté des propriétés, rendant
trente mille livres de rente, pour
à peine cinq cent mille francs, en
y comprenant ce que je vous demande; et si je ne vous faisois pas
cette réclamation, vous n'auriez pas
déboursé plus de cinquante mille
écus. Mais monsieur Abraham, vos
contrats sont irréguliers, empreints

du caractère de la fraude et de la mauvaise foi : il m'est facile de les faire déclarer nuls. Mais, monsieur Abraham ! vous avez fourni contre vous des preuves d'une usure que les lois ont en horreur , qu'elles punissent sévèrement ; et enfin , monsieur Abraham, votre liberté est à ma disposition ; et si vous êtes mis en prison..... Non, non, *monsir*, point de prison , reprit le juif effrayé ; je consens. Comme vous êtes un brave homme, je vous demande que nous mettions en bonne règle les contrats de ce qui me restera ; et j'accepte *le* proposition. Je le veux bien, dit Dorvigny ; et il s'occupa de suite de terminer cette affaire. Il y passa près de deux mois, pour arranger tout, de manière à ce que Saint-Léon n'eût plus rien

à démêler avec le petit juif. Il fit
remettre à ferme, dans le nom de
Saint-Léon, les baux de la maison
et des terres du château ; il toucha
les soixante mille francs; et goûta
le plaisir inexprimable d'avoir sauvé une partie de la fortune de son
ami.

Il avoit fait parcourir et il par-
courut lui-même tous les environs de
Lyon, sans obtenir, comme on le pense bien, la moindre nouvelle du solitaire de la ferme de Belle-Ombre.
Voyant que ses recherches étoient
inutiles, il reprit la route de Paris,
mais en passant par l'intérieur de
la ferme. Il visita l'Auvergne, le
Limousin, le Berry, et revint par
l'Orléanois. Il venoit de descendre
de voiture à Orléans, et, suivant sa
coutume, il s'informoit des voya-

geurs qui passoient et qui avoient
passé. A son hôtel, on lui dit qu'il venoit d'y descendre, un instant avant
lui , un grand jeune homme fort
brun, qui venoit de l'Orient en Bre-
tagne, et qui avoit deux domestiques
de couleur. Dorvigny chercha à lui
parler, pour savoir s'il n'auroit point
aperçu Saint-Léon dans le port de
mer d'où il venoit. Il demandoit
son ami à tous ceux qu'il rencontroit, et n'en recevoit que des indi-
cations qui contrarioient ses recherches. Il résolut de parler à l'étranger qui venoit d'arriver. Celui-ci
s'étoit mis à sa fenêtre, tenant une
longue pipe ; Dorvigny se promenoit devant la porte de l'hôtel,
pensant à la manière dont il abor-
deroit l'étranger. Tout d'un coup
celui-ci laisse tomber sa pipe, jette

un cri, et on l'entend se précipiter
sur l'escalier... Il arrive impétueu-
sement vers Dorvigny... Monsieur..
Vous êtes... Oui c'est toi... N'êtes-vous
pas?... — Je suis Jules Dorvigny ; — et
moi, dit le grand jeune homme
brun, je suis Charles, je suis ton
frère; et il serroit Jules.... Mon cher
Charles, c'est toi, disoit Jules, quel
coup du ciel! et il le couvroit de
baisers et de larmes...Les deux frères,
jetés dans les bras l'un de l'autre,
palpitoient de joie et de tendresse ;
on s'étoit rassemblé autour d'eux,
et les spectateurs attendris versoient
des larmes en contemplant ce ta-
bleau. Cher ami, cher frère, depuis
quatre ans tu nous a laissés sans
nouvelles de toi; si tu savois comme
nous te désirions, disoit Jules... Les
deux frères se tenant enlacés dans

leurs bras, remontèrent dans la
chambre d'où Charles étoit sorti,
et pendant qu'on leur apprêtoit à
souper, ils se racontèrent ce qui
les intéressoit mutuellement : Jules
commença, quoiqu'il fût impatient
d'apprendre les aventures de Charles, mais il le revoyoit, il le revoyoit dans une santé parfaite : c'é-
toit là ce qui l'intéressoit le plus,
et sans s'informer s'il revenoit riche
ou pauvre, il se hâta de donner à
Charles les détails de ce qui étoit
arrivé à sa famille, depuis son départ. Il lui raconta ses succès dans
la carrière qu'il avoit entreprise, son
mariage avec Lydie, les aventures
de Saint-Léon, son amour pour
Célestine, et celui de leur sœur pour
Saint-Léon, et le projet où étoit
toute la famille, d'effectuer cette

union, aussitôt que leur ami auroit
pu se retrouver. Charles écouta son
frère sans l'interrompre ; il recueilloit avec avidité ce qu'il apprenoit
des êtres auxquels il avoit adressé
ses pensées, de l'extrémité opposée
du globe. Dorvigny avoit cessé de
parler, que Charles avoit encore l'air
de l'écouter. Enfin revenant à lui,
Dieu soit loué! dit-il, tous ceux que
j'aime existent. Nous retrouverons
Saint-Léon, il le faut, corbleu! et
dussé-je faire une seconde fois le
tour du monde pour le rejoindre,
il faut que je le trouve, et que notre
chère Célestine soit heureuse. Je
vais maintenant, mon cher Jules, te
dire ce qui m'est arrivé depuis
que je t'ai quitté. Je me réserve
de te faire un récit plus détaillé
de mes aventures, quand nous se-

rons en famille, entourés de ma
mère, de Célestine, de Saint-Léon
et de ta femme que je suis bien impatient d'embrasser et de connoître.

Je m'embarquai à Bordeaux, il y
a un peu plus de quatre ans, sur
un vaisseau de la compagnie des
Indes : il se rendoit à l'Ile de France
et de là à Pondichéry. Notre navigation fut heureuse jusqu'à la hau-
teur du Cap de Bonne-Espérance,
où nous fûmes assaillis d'une tempête
qui nous força d'y relâcher. Cet in-
cident ne me contraria en rien, et
servit au contraire mon désir de
connoître ce Cap fameux, que le
poëte Camoëns a représenté comme
un géant épouvantable, défendant
le passage de l'Océan à la mer des
Indes, lorsque les Portugais y arrivèrent, sous la conduite de Vasco

de Gama, et découvrirent, les premiers, cette route des Indes-Orien-
tales. Des montagnes majestueuses,
et principalement celles de la Table,
forment un coup d'œil imposant, vu
de la mer. Nous fûmes très - bien
accueillis par les Hollandois. Je fus
émerveillé de la beauté du jardin
de la Compagnie. Ses belles allées
de citroniers, de grenadiers, d'o-
rangers plantés en pleine terre, et
s'étendant à perte de vue; ses mu-
railles de lauriers toujours verds; le
parfum des fleurs de l'Europe, mêlé
à celui des fleurs de ces climats; la
vue de la plupart de nos fruits, réunis à ceux de l'Afrique; tant d'attraits réunis dans ce beau lieu, me
transportoient en idée sous les ombrages de la maison *des Peupliers*,
et, en m'égarant sous ces berceaux

parfumés, je me rappelai ma mère,
Jules, Célestine, se promenant sur
la verte pelouse des peupliers, sur
les bords de la Garonne, et s'asseyant
à l'entrée de la grotte de Calypso.
Ils s'entretiennent peut-être de moi,
me disois-je, et ma pensée voloit
à vos côtés. Je m'étois lié avec
plusieurs membres de la Compagnie; je pris un intérêt dans une
expédition qui alloit à l'île de Ceylan. Comme j'avois changé en pias-
tres les quarante mille francs de
Saint-Léon, que je les avois en es-
pèces, et que je n'avois point de
marchandises à bord du vaisseau
françois qui m'avoit amené, je me
décidai à ne point aller à l'Ile de
France, et à suivre l'armement hollandois. Je fis mes arrangements en
conséquence. J'obtins des lettres de

recommandation du directeur de
la Compagnie Hollandoise, pour Batavia, dans le cas où je m'y rendisse;
je pris congé de mes compagnons
François, en espérant les revoir à
la côte de Coromandel, et je partis
pour Ceylan, avec les Hollandois qui
s'y rendoient. Notre navigation
fut heureuse; nous arrivâmes sur
les côtes de cette île, la fameuse
Taprobane des Grecs et des Ro-
mains, ou l'Ophir du roi Salomon.
Nous relâchâmes dans l'immense
et magnifique baie de Trinquemale.
Ce fut dans cette partie que nous
traitâmes de la canelle et de l'ivoire
que nous y venions chercher. Je
vis pour la première fois des élé-
phans, et j'en vis des troupes. J'ad-
mirai ces forêts de canéliers, deve-
nues si précieuses, et gardées par

les Hollandois d'un œil si jaloux.
J'y remarquai le plus grand arbre
que j'eusse vu, l'adhatoda, dont les
feuilles immenses servent de para-
pluie, couvrent les maisons, et tien-
nent même lieu de tentes aux voyageurs. Nous achetâmes des rubis, et
une autre pierre précieuse nommée
œil de chat, provenant des mines a-
bondantes de Candy. La pêche des
perles nous appeloit à la partie sep-
tentrionale de l'île, près de Manaar,
dans le détroit de Chilar. Nous y
arrivâmes au temps favorable, et
les perles furent belles et nom-
breuses.

Je réglai mon intérêt dans l'opé-
ration qui m'avoit amené à Ceylan,
et je m'associai avec d'autres Hollandois, qui alloient à Surate vendre
leur canelle et leur perles. Je partis

pour la côte occidentale de la pres-
qu'île de l'Inde, en me proposant
de revenir de l'autre côté par terre.
Je revins à Surate; j'y vendis très-
avantageusement les marchandises
que j'avois; et je pris parti avec une
caravane qui se rendoit à Agra. J'é-
tois curieux de voir l'une des capitale de l'Indostan. Le grand Mogol
y étoit à cette époque, et alloit célébrer le jour de sa naissance. Je
n'avois pas vendu à Surate quelques pierres précieuses que j'avois
apportées de Ceylan; et je crus que
j'en tirerois meilleur parti à Agra.
J'eus lieu de m'applaudir d'avoir pris
cette résolution, car j'y vendis très-
avantageusement mes pierreries. Je
vis toute la pompe de l'empereur du
Mogol; et une ville immense, remplie d'une multitude innombrable

de peuple divers , que les fêtes y avoient attirés. Elles durèrent cinq jours. Je vis passer l'empereur du Mogol. Il étoit assis, les jambes croisées sur des coussins , éclatant d'or et de pierrerie, dans une espèce de petit temple à quatre colonnes , surchargé d'or, de plumes, de banderolles éclatantes. Ce temple précieux étoit posé sur le dos d'un énorme éléphant blanc , qui étoit couvert de riches tapis. L'empereur étoit suivi d'une cavalerie, aussi brillante par la beauté des vêtements des cavaliers, que par celle des chevaux. L'empereur se rendit sous une tente vaste et magnifique , ouverte à tous les yeux, et se mit dans une balance, dont les plateaux étoient d'or. On le pesa avec une attention religieuse. Il pesoit quatre livres de plus que la dernière année. Cette bonne nouvelle fut accueillie avec transport, et les réjouissances prirent une nouvelle gaieté.

J'étois dans le pays où se récolte l'indigo le plus estimé. J'en fis un achat assez considérable ; et je descendis, avec mes marchandises, le fleuve sacré du Gange. Le long voyage que je venois de faire par terre, au centre des états du grand Mogol, me mit à même de connoître les mœurs et les usages des Indiens. J'avois rencontré à Agra deux missionnaires françois, qui faisoient le même voyage que moi, et qui se rendoient à l'embouchure du Gange, pour s'y embarquer, et se rendre à leur maison, à Pondichéry. Je me liai avec ces deux religieux, et résolus de les y suivre :

11.   8

c'étoient deux hommes d'une science profonde, d'une érudition immense, sachant tout, connoissant tout, et qui déroboient, sous le voile de la modestie et de l'humilité chrétienne, les plus brillantes qualités. Dans leur agréable société, je voyageai avec un tout autre fruit que si j'eusse été seul; ils ne laissoient rien échapper à mon attention. Ils me firent remarquer les quatre grandes divisions du peuple, instituées par le dieu Brama : les Brachmanes, première caste ou tribu, chez qui l'étude des lois, des sciences, de la philosophie, est portée à un point très-élevé; les Rageputes, ou gens de guerre; deuxième caste, nombreuse et brillante, mais peu belliqueuse; les Banians, troisième caste, qui renferme les négociants, chez lesquels j'ai trouvé beaucoup de bonne foi; la qua- trième caste est celle des artisants et des laboureurs. Les artisants, quoique portés à la paresse, sont adroits dans les tapis, dans les bro- deries d'or et d'argent, et dans tous les ouvrages de soie et de coton. Le système de Pythagore, sur la trans- mutation des ames, et sur la nourri- ture végétale, y a été établi par Bra- ma. Les usages religieux sont d'une bizarrerie remarquable; le respect pour les vaches, et surtout les droits des prêtres de Brama, à qui l'on accorde les prémices de l'hymen, causent beaucoup de surprise aux voyageurs européens.

Je descendis à Chandernagor, avec mes deux doctes compagnons. J'y trouvai un navire françois, qui

me transporta avec eux à Pondichéry. J'avois vendu mes indigos
à des François, à Chandernagor; et
j'avois remplacé cette marchandise
par des mousselines brodées , et
autres étoffes de l'Inde , que je por-
tai à Pondichéry. Je renouvelois
continuellement mes échanges, et
toujours avec des bénéfices assez
considérables. Ma santé répondoit
à mon activité ; et, quoique voisin de
la ligne , et dans des pays extrêmement chauds, je ne contractois en
rien la mollesse de ces climats. Les
missionnaires avec lesquels j'avois
voyagé , m'avoient accordé beaucoup d'amitié ; je logeai à leur cou-
vent à Pondichéry. Je goûtai un
grand plaisir en revoyant une ville
françoise. Elle renaissoit de ses cen-
dres, et commençoit à se rétablir

des malheurs qu'elle avoit éprouvés en 1761, et après avoir été
abandonnée pendant quatre ans.

J'avois toujours eu le dessein de
me rendre à Batavia; je m'étois si
bien trouvé de m'être lié avec les
Hollandois, que je désirois travail-
ler encore avec eux. Je me rendis
à l'île de Ceylan, où je savois que
j'aurois trouvé de fréquentes occasions pour la capitale du commerce
des Hollandois dans les Indes; et
j'y trouvai en effet un navire de cette
nation, qui m'y transporta.

Les lettres que j'avois eues au Cap
de Bonne-Espérance, me firent bien
accueillir. Je retrouvai quelques-
uns des Hollandois avec lesquels
j'avois été à l'île de Ceylan; ils con-
tribuèrent beaucoup à me faire
trouver la ville de Batavia fort

agréable , et me lièrent avec les
principales maisons de commerce.
Les Chinois, qui y étoient en abondance , attirèrent mon attention;
et je pris part au négoce qu'ils faisoient à Batavia. Je me liai de nouveau avec des Hollandois, qui expé-
dioient un navire pour la Chine; et
se proposoient de vendre leurs marchandises à Canton. Je m'embarquai
sur leur bâtiment; et partis pour voir
le seul point de cet empire immense, de cette fourmillière de deux
cent millions d'hommes, où les
étrangers soient admis. J'avois des
lettres des missionnaires de Pondichéry, pour les jésuites établis à la
Chine. Une autre circonstance me
servit, pour me faire pénétrer dans
le pays : notre navire avoit sauvé
du naufrage , sur les côtes de la

Chine, une barque chinoise, dans
laquelle étoit un mandarin avec une
de ses femmes. J'avois contribué à
ce que cette femme fût respectée,
et ne fût point exposée aux regards
de l'équipage, et même d'aucun
de nous. Lorsque nous fûmes arri-
vés, le seigneur chinois, après nous
avoir beaucoup remerciés, et surtout
moi, partit avec cette femme, dont
il paroissoit très-épris; mais il me
prévint qu'il reviendroit dans quelques jours me chercher, pour me
mener à une maison de plaisance
qu'il avoit dans les environs. En
effet, au bout de quelques jours, il
remplit sa promesse, et me conduisit dans une maison d'une architec-
ture particulière, singulièrement
propre et légère, entourée d'un
jardin délicieux. Le dîner consis-

toit en plus de mille plats ; mais
chaque plat étoit grand comme une
soucoupe de tasse à café. La table
à manger étoit élevée à six pouces
de terre, et nous étions couchés
sur de riches tapis. Il me fit visiter
toute sa maison, ses jardins, et il
me montra le bel objet qu'il me
savoit tant de gré d'avoir respecté.
C'étoit une jeune femme fort belle,
mais dont les pieds, enfermés dans
de jolis souliers, auroient passé en
France pour une difformité, tant ils
étoient petits et resserrés. Je vis un
pays cultivé avec un soin qui surpasse tout ce que l'on peut s'en imaginer; un pont d'une seule arche,
joignant deux montagnes; une pa-
gode à neuf étage; j'aperçus des
Bonzes, se déchirant le corps avec
des clous, pour avoir de plus fortes

aumônes des gens qui les entouroient. J'aurois voulu pouvoir examiner à loisir ce beau pays; mais
je n'eus que le temps d'y donner un
coup d'œil.

Mes spéculations, souvent renou-
velées, avoient été si bien servies
par les circonstances, que mes bénéfices avoient considérablement ac-
cru mon capital. Je résolus de traverser la mer du sud jusqu'au Mexique, pour delà revenir en Europe.
Le désir de revoir ma patrie, commençoit à se faire sentir en moi. Je
voulois rapporter le fruit de mes
travaux, auprès des objets que mon
cœur me rappeloit souvent. Je partis pour les Iles Philippines, après
avoir réglé tous mes comptes avec
mes braves Hollandois, et je me
rendis à Manille. J'avois avec moi

8.

une riche quantité de marchandises de la Chine. Je les chargeai sur le galion que l'Espagne envoie tous les ans à Accapulco, dans le Mexique, et je mis à la voile pour ce dernier pays. Nous voguions sur la Mer Pacifique, et le calme devint si profond, que je demandai à descendre sur une petite île déserte, sur laquelle je voyois beaucoup d'oiseaux, pour m'amuser à en tuer quelques-uns. La chaloupe m'y conduisit, en me prévenant de ne pas m'éloigner; parce que si le vent s'élevoit, le vaisseau ne pourroit pas rester long-temps à nous attendre. Je tirai quelques coups de fusil, et j'abattis une grande quantité d'oiseaux; ils m'entouroient et sembloient s'offrir à mes coups. Insensiblement je m'étois éloigné de la chaloupe; je m'étois enfoncé dans des bois; et lorsque je voulus rejoindre ceux qui m'attendoient, je ne retrouvai plus mon chemin : je me mis à courir, mais je m'éloignois davantage. Un sentiment d'effroi me saisit quand j'aperçus, par le mouvement de la cime des arbres, que le vent s'étoit élevé. Je courois, j'appelois; la solitude profonde m'entouroit.... Un coup de canon se fit entendre dans le lointain; Dieu! me dis-je, c'est le vaisseau qui rappelle la chaloupe. Une sueur froide couloit sur tous mes membres; mes jambes trembloient sous moi; le danger où je me trouvois étoit si terrible, que mon courage m'abandonnoit. Je voulois courir encore, mes pieds s'embarrassoient dans les lianes qui étoient sur mon passage; je

tombai dans des ravins d'où à peine
je pouvois sortir... Deux autres coups
de canon frappèrent mon oreille :
Ah mon Dieu! c'en est fait, m'écriai-
je, je suis perdu, je suis abandonné
dans cette île déserte... Les oiseaux
m'entouroient, en une quantité innombrable ; ils fondoient sur moi,
comme pour me déchirer ; il y en
avoit de très-forts, dont les ailes me
frappoient le visage... hors d'haleine,
et cependant courant toujours,
poursuivi par cette nuée d'oiseaux,
je descendois avec impétuosité, d'une
colline couverte de bois... les arbres
s'éclaircissent ; j'entends le bruit des
flots et j'arrive sur le rivage... Je
jette les yeux de tout côté ; j'aperçois la chaloupe qui s'éloignoit. Je
pousse des cris, je cours ; elle me
remarque enfin, et vient me prendre,

pour me conduire au vaisseau qui étoit déjà sous voile : quelques minutes plus tard, j'étois perdu...

Tu m'as fait frissonner, dit Jules, en embrassant Charles; ah j'avois besoin de te voir là, pour être assuré que cela finiroit bien. Ce danger, reprit Charles, est le plus réel que j'aie couru ; j'en fus frappé pendant plusieurs jours, et ma santé s'en ressentit. Enfin je l'oubliai, et ne songeai plus qu'au bonheur d'y être échappé. Notre navigation sur la vaste mer du sud, n'eut aucune autre disgrace ; nous arrivâmes à Accapulco ; j'y vendis les marchandises que j'avois apportées de la Chine, à l'exception de celles que j'ai jugées se vendre plus avantageusement en Europe. Je me rendis à la Vera-Cruz, dans le golfe du Mexique, et

je sentis une joie inexprimable en revoyant cet océan, qui baignoit la côte
de ma terre natale. J'achetai de la
cochenille, et autres marchandises
d'une vente avantageuse en France;
et je m'embarquai, avec ma cargaison, pour revoir cette chère patrie.
J'y suis arrivé sans accident, il y a
vingt jours, après quatre ans et quatre mois d'absence. J'ai vendu ma
cargaison à l'Orient; je t'ai écrit à
Toulouse, pour te prévenir de mon
arrivée, et t'annoncer que je passe-
rois par Paris, pour toucher une partie du paiement que l'on m'a fait.
Tout bien soldé, je rapporte, avec les
quarante mille livres de Saint-Léon,
quatre cent mille livres : ce qui,
d'après nos conventions, donne pour
chacun de nous deux cent vingt
mille livres. Je n'en veux pas davan-

tage, mon cher Jules; trouve-moi une femme bonne et aimable, qui veuille de ma figure noircie, et je prends racine auprès de toi, pour, à ton exemple, vivre heureux et content. Mon ami, dit Jules, j'ai ton affaire : une jeune fille de quatorze ans, faite au tour, blanche comme une hermine, gaie comme un petit pinçon; en un mot, ce qui te convient, la sœur de ma femme.. Corbleu! dit Charles, voilà bien mon affaire! Mais voudra-t-elle de moi? je suis un peu brun, dans ce moment-ci. Tu ne lui en plairas pas moins, mon cher Charles, reprit Dorvigny, et je me repose sur toi pour y parvenir. Je fais cependant un vœu, dit Charles, et j'en suis bien fâché pour ma future; mais je ne me marierai point que nous n'ayons re-

trouvé Saint-Léon, fût-il caché dans
les entrailles de la terre. Je veux le
remettre au jour, et j'y parviendrai.
Il seroit trop extraordinaire que
j'eusse fait le tour du monde, pour
venir échouer, après être entré dans
le port. Les deux frères passèrent
une partie de la nuit à s'entretenir
de la sorte, et le lendemain matin
il partirent pour Paris. Dorvigny n'y
trouva point sa famille, Monsieur
Dormonville avoit emmené toute
la petite société à son château. Charles arrangea ses affaires dans deux
heures ; il remit à un banquier de la
connoissance de son frère, le papier
qu'il avoit à recevoir, et les deux
frères prirent la route de Picardie.

Le château de Monsieur Dormonville étoit situé à une lieue au-
dessus de la ferme de Belle-Ombre,

au bord de la rivière de l'Oise, et
à peu de distance de la forêt de
Compiègne. Deux cœurs, qui chaque jour battoient l'un pour l'autre,
et se nourrissoient de leur souvenir
mutuel, étoient séparés en ce moment par une foible distance; Saint-
Léon et Célestine, qui croyoient
qu'il y avoit entre eux un grand
espace, étoient chaque jour sur le
point de se rencontrer.

L'arrivée de Madame Dormonville au château, avoit été un jour
de fête; tous les vassaux, rangés sur
son passage dans les avenues, lui
avoient offert des bouquets; un
repas champêtre, des danses pro-
longées jusqu'au soir, des secours
distribués aux familles les moins
fortunées, avoient rempli agréablement la première journée; mais

rien n'avoit été plus doux pour le
cœur de Madame Dormonville que
de revoir la bonne Ulrique ; celle-
ci lui baisoit les mains, en la nom-
mant sa chère maîtresse, et sembloit ne pouvoir rassasier ses yeux
du bonheur de la contempler ; tout
étoit arrangé avec un ordre, une
élégance, qui faisoient l'éloge du goût
de Monsieur Dormonville. Le château étoit une habitation charmante; les jardins, les bois, les
eaux, y avoient été disposés avec
beaucoup d'intelligence, et en faisoient un séjour délicieux. La forêt
de Compiègne étoit de l'autre côté
de l'Oise, qui baignoit les jardins;
il suffisoit de traverser la rivière,
pour avoir des promenades super-
bes, sous des berceaux immenses
et à perte de vue. De l'autre côté

du château, les points de vue étoient
dirigés sur les petites villes envi-
ronnantes, dont les clochers s'élevoient à travers des groupes d'arbres et de villages. Le printemps
faisoit paroître ce beau lieu dans
tout son éclat. Célestine aimoit surtout le voisinage de la forêt; la
situation de son ame lui faisoit
trouver un charme secret à errer
sous ses ombrages majestueux; ac-
compagnée de Lydie, elle s'éloignoit quelquefois à une assez grande
distance du château; et celle-ci
avoit toujours besoin de lui rappeler qu'il falloit revenir sur leurs
pas. Son cœur sembloit deviner que
la forêt renfermoit l'objet qu'il désiroit. Aussitôt qu'elle rentroit au
château, sa mélancolie devenoit
plus sombre; mais dès qu'elle avoit

mis le pied dans la forêt, elle se
trouvoit soulagée ; une nouvelle
vie l'animoit ; une sorte d'impatience
l'agitoit ; elle vouloit aller tantôt
de ce côté, tantôt de cet autre. La
forêt étoit pour elle un temple au-
guste qui renfermoit une divinité
cachée, qu'elle sembloit brûler de
découvrir. Elle se dirigea un soir
précisément du côté de la ferme de
Belle-Ombre ; elle ne pouvoit manquer d'y rencontrer Saint-Léon, si
celui-ci n'eût pas pris l'habitude
depuis quelque temps de monter le
soir à cheval et d'errer dans la forêt.
Célestine et Lydie furent frappées
d'une agréable surprise, lorsque,
sortant du sentier de la forêt qui
aboutissoit à la prairie de la ferme,
elles aperçurent cette aimable solitude. Le cœur de Célestine étoit

agité; elle s'étonnoit elle-même de
la sensation que ce lieu lui causoit;
elle s'assit avec Lydie sur un quar-
tier de rocher couvert de mousse,
au pied d'un vieux saule qui laissoit tomber ses vastes rameaux autour de lui, et les baignoit en partie
dans la rivière qui couloit auprès.
C'étoit-là que Saint-Léon venoit
souvent penser à elle, et réfléchir
sur les événemens de sa vie. Lydie
remarqua quelque chose de gravé
sur l'écorce du saule; elles aperçurent un autel sur lequel étoit un
cœur enflammé percé d'une flèche;
dans le corps de l'autel étoit gravé
un C, et tout autour, *il brûle seul
et sans espoir.* Cette vue causa à
Célestine une agitation extrême;
elle ne put la cacher à Lydie, et lui
mettant la main sur son cœur : Ly-

die, lui dit-elle, sens-tu la palpita-
tion de mon cœur? je ne sais pourquoi ce lieu me cause un tel effet,
mais depuis long-temps, je n'ai
éprouvé ce que je ressens en ce
moment; il semble que je sois auprès de Saint-Léon..... Chère Célestine, répondit Lydie, ton cœur
sera bientôt à même de ne plus se
nourrir d'erreurs, il faut l'espérer....
Cette demeure renferme sans doute
un être malheureux aussi par quelque passion; cette conformité de
sentimens avec toi t'intéresse et
cause le trouble que tu ressens.
Non, dit Célestine, il y a ici un
charme d'une autre nature, et que
je ne peux m'expliquer. Je me
trouve mieux ici que dans aucun
autre endroit. Lydie, nous y vien-
drons souvent. La nuit s'approchoit,

les deux jeunes amies reprirent le chemin du château. Célestine voyoit toujours cet autel, ce cœur *seul....* cette lettre, qui étoit celle de son nom; et murmuroit tout bas la devise, *il brûle seul et sans espoir.* La mélancolie sombre qu'elle éprouvoit ordinairement, étoit devenue tendre et d'un genre plutôt doux que pénible; ses larmes couloient lentement sur ses joues. Saint-Léon, se disoit-elle, en se rappelant la lettre de celui-ci à Dorvigny, ce doit être là ta devise; ton ame sensible regrette Célestine; caché dans quelque retraite obscure, tu me pleures, tu m'adresses tes pensées; hélas! tu ignores que Célestine t'aime, qu'elle ne soutient la vie que dans l'espoir d'être réunie à toi, et de finir tous tes malheurs.

Le lendemain, dans la matinée, les dames étoient réunies dans un salon, à l'exception d'Elisabeth, qui étoit allée donner à manger à des lapins blancs et à des pigeons dont elle prenoit grand soin. On l'entendit venir tout-à-coup en courant, et elle entra en disant : maman, ma sœur, voilà.... voilà.... elle étoit si essouflée, qu'elle ne pouvoit achever..... voilà Dorvigny..... Mon fils! mon mari! mon frère! — Oui, dit Elisabeth, et un autre grand jeune homme.... Oh mon Dieu! dit Célestine, prête à s'évanouir, et levant les yeux au Ciel... Mais, reprit Elisabeth d'un air contrit, je ne crois pas que ce soit là Monsieur Saint-Léon... il est si brun ! si brun!... il n'est pourtant pas mal, et il ressemble un peu à mon frère.... aussi-

tôt que je les ai aperçus descendre
à la grille, je suis accourue vous
avertir..... Comme Elisabeth ache-
voit, Dorvigny entra. Lydie courut dans ses bras ; sa mère, sa
sœur, monsieur et madame Dormonville et Elisabeth l'embrassè-
rent tour-à-tour. Quand les épan-
chemens du sentiment qui lioit tous
les membres de cette famille à Dorvigny, furent un peu calmés, Elisabeth lui dit : et le grand jeune
homme, mon frère? Dorvigny sourit, et s'adressant à sa mère, il
chercha à la préparer adroitement,
ainsi que Célestine, à la vue de Charles. Ma bonne mère, lui dit-il, j'a-
mène en effet avec moi un grand
jeune homme ; ce n'est pas, dit-il,
en regardant Célestine, celui que
je cherchois, que je cherche encore

II.   9

et que je réussirai à trouver ; mais
c'est le seul qui puisse nous dédom-
mager en ce moment ; devinez ! Mon
ami, s'écria madame Dorvigny, achè-
ve ! mon cœur tressaille, c'est ton
frère, c'est Charles, c'est mon fils :
où est-il ? où est-il ? en courant vers
la porte du salon.... Il est dans vos
bras, ma bonne mère, s'écria Charles
en entrant, et en se précipitant vers
elle. Mon fils ! mon cher fils ! disoit-
elle, en le couvrant de baisers et de
larmes. Célestine l'embrassoit aussi ;
Charles, qui tenoit sa mère et sa
sœur dans ses bras, sembloit ne
pouvoir se rassasier du plaisir de les
serrer contre son cœur. Monsieur
et madame Dormonville, Lydie et
Elisabeth, furent embrassés avec
la cordialité d'un franc marin ; et
son baiser sur les joues d'Elisabeth,

fut si vivement appliqué, qu'elle ne
put s'empêcher de crier un peu.
Toute cette journée fut un état de
trouble délicieux. Charles étoit sans
cesse entouré de sa mère, de sa
sœur, de Lydie. On l'embrassoit, on
le regardoit ; mille questions se suc-
cédoient : c'étoit comme une mer-
veille de le voir là, après quatre
ans d'absence, après avoir fait le
tour du monde. Le tour du monde,
disoit Elisabeth, qui écoutoit avec
beaucoup d'attention ; je ne m'é-
tonne plus qu'il soit si brun ! Huit
jours se passèrent, entièrement con-
sacrés au plaisir de revoir Charles ;
au bout de ce temps, il étoit au
château de Dormonville, comme
s'il y eût demeuré depuis dix ans.
M. Dormonville et lui parloient du
Nouveau-Monde, et s'amusoient à

équiper un joli canot, pour naviguer
sur la rivière de l'Oise. Lydie nom-
moit Charles son frère, et l'aimoit
comme s'il l'eût été dès son enfance.
M. Dormonville, tenant sa femme
et madame Dorvigny sous le bras,
à la promenade, leur disoit en parlant de Charles : voilà l'époux d'E-
lisabeth. Celle - ci s'amusoit tant
avec lui ; il lui racontoit de si belles
histoires de sauvages ; il étoit si a-
droit à tout ce qu'il faisoit pour
elle ; il lui avoit arrangé une si jolie
petite maison pour ses lapins blancs,
qu'elle ne le trouvoit plus si brun ;
mais elle remarquoit qu'il avoit les
plus beaux yeux, les plus belles dents
qu'elle eût encore vus ; qu'il étoit
aussi bien fait que Dorvigny , et
qu'il avoit un si bon caractère, que
plus on étoit avec lui, plus on vou-

loit y rester. De son côté, Charles trouvoit Elisabeth précisément
comme il l'auroit désirée pour en
faire sa femme. Qu'elle est jolie,
qu'elle est vive, qu'elle est folle, se
disoit-il; l'aimable créature, comme
son cœur est bon! et il s'efforçoit
de lui plaire, par tout ce qu'il ju-
geoit devoir lui être agréable. Au
milieu d'un vaste étang qui se trouvoit sur l'un des côtés du château,
il y avoit une petite île chargée
d'arbres, où Elisabeth aimoit beaucoup aller. Charles avoit construit
une petite case au milieu, dans le
genre de celles d'Amérique, et avoit
donné à toute l'île un aspect qui rappeloit un peu le Nouveau-Monde.
L'île n'avoit point encore de nom :
comment faut-il l'appeler ? dit Charles à Elisabeth, qu'il y avoit condui-

te: l'île d'Elisabeth? Non , répondit
celle-ci en riant , mais plutôt l'île
de Robinson ; quand vous serez dans
votre petite cabane, avec un de vos
domestiques , qui est bien aussi noir
que *Vendredi* , et le perroquet de
papa, la ressemblance sera parfaite.
— Comment, mademoiselle, vous
voudriez me comparer à ce pauvre
solitaire de Robinson?..., Eh bien , il
recueilloit avec soin ce qui arrivoit
dans son île : vous voilà dans la
mienne, je vous garde.... Eh ! que
feriez-vous de moi? dit Elisabeth ;
je ne pourrois pas vous aider à scier
des arbres, à construire un canot....
Voulez-vous que je vous dise tout
bas ce que j'en ferois, reprit Charles? — Oui. — Voyons, et Charles
s'approchant d'elle, mademoiselle
Elisabeth , je ferois de vous ma

femme, ma chère petite femme,
ma jolie petite femme.—Ah! ah! dit
Elisabeth, qui rougissoit et ne rioit
plus.—Oui, mademoiselle, dit Charles, voilà ce que je ferois de vous
dans mon île, et ce que je ferois au
château de votre bon père, si vous
vouliez m'accorder votre main.....
Vous ne me répondez rien.... Elisabeth, rendez-moi aussi heureux que
mon frère l'est avec Lydie.... Dites:
consentez-vous à m'accepter pour
votre époux? Je vous aime tant,
je serai si heureux d'employer toute
ma vie à faire votre bonheur. Monsieur Charles, répondit Elisabeth,
qui étoit fort surprise, je suis bien
jeune; mais si papa le veut, et que
vous me promettiez de bien m'aimer, je ferois volontiers comme ma
sœur Lydie. Si je vous aimerai? dit

Charles, corbleu! jusqu'au dernier instant de ma vie; et il embrassa Elisabeth, qui s'en défendit foiblement. Monsieur Robinson, lui dit-elle, en reprenant sa gaieté, ramenez-moi donc en Europe; et Charles enchanté de la manière dont sa déclaration avoit été reçue, mit Elisabeth dans le petit bateau, et la ramena auprès de Célestine et de Lydie, qui étoient assises sous de grands maronniers au bord de l'étang. Charles, dès le jour même, prit M. Dormonville à part, et lui raconta tout franchement son amour pour Elisabeth, et le pria de lui donner sa main. De tout mon cœur, dit M. Dormonville; mais elle a à peine quinze ans. Voulez-vous convenir d'une chose, dit Charles, accordez-moi d'épouser Elisabeth, le

même jour que Saint-Léon épou-
sera Célestine ? Je me condamne
peut-être à un long délai ; mais j'attendrai jusques-là , et je vais travail-
ler à l'abréger. C'est arrêté, dit M.
Dormonville, en lui frappant dans
la main. Corbleu ! dit Charles, c'est
à présent que je vais courir après
Saint-Léon. Madame Dormonville
et madame Dorvigny furent de
même instruites par Charles de son
amour pour Elisabeth ; et ce nouveau lien remplissoit leurs plus
chers désirs. Charles et Elisabeth
causoient avec abandon de leur mariage futur ; mais il falloit trouver
Saint - Léon ; Charles faisoit des
plans, et Elisabeth préféroit ceux.
dont l'exécution finissoit tout de
suite.

Le voile qui couvroit le sort de

Saint-Léon, ne pouvoit manquer
d'être levé. L'amour et l'amitié su-
rent trouver ses traces. Célestine
avoit prié Lydie de retourner avec
elle à l'aimable solitude de la forêt.
Dorvigny avoit fait le projet d'aller
se promener à cheval avec M. Dormonville, sur la route de Compiègne, dans la soirée. Charles et Elisabeth proposèrent à Lydie et à Célestine d'aller dans le joli canot, sur
la rivière de l'Oise; mais elles annoncèrent qu'elles préféroient marcher.
Il fut convenu que Charles iroit sur
la rivière avec Elisabeth, à une cer-
taine distance, et qu'il reprendroit
Célestine et Lydie en revenant, à
une maison qui étoit sur le bord de
l'eau, à une demi-lieue du château,
entre celui-ci et la ferme de Belle-
Ombre. On étoit au mois de juin,

la soirée étoit délicieuse. Charles
partit avec Elisabeth, en maniant
deux rames légères, et s'éloigna , en
suivant les sinuosités de la rivière,
qui couroit sur la lisière de la forêt.
Lydie et Célestine n'avoient fait que
traverser l'Oise , et suivoient le
sentier qui les avoit menées à la
ferme.

Saint Léon attendoit chaque jour
le retour d'André. Son cœur étoit
plus vivement tourmenté que jamais du désir de savoir des nouvelles
de Célestine; son amour nourri
dans la solitude, entretenu par les
images de félicité qu'il se retraçoit
sans cesse, en pensant au bonheur
dont il eût pu jouir , excité par cette
belle nature qu'il voyoit se déployer
autour de lui, et qui sembloit invi-
ter tous les êtres à s'unir, s'étoit

exalté à un tel point, que si André
lui eût apporté la nouvelle que Célestine étoit mariée à quelqu'autre,
Saint-Léon, sans aucun doute, se
seroit précipité dans les flots. Il
étoit assis sur le rocher, ombragé
par le vieux saule, au bord de
l'eau, la tête appuyée sur une de
ses mains; il pensoit à Célestine,
lorsqu'il vit voguer sur la rivière
une barque élégante; un zéphyre léger enfloit la voile; de longues
banderolles vertes flottoient dans
l'air; une corbeille de fleurs étoit
sur la poupe; un jeune homme en
petite veste blanche, étoit assis au
gouvernail, ayant auprès de lui une
jeune femme aussi vêtue en blanc.
La barque fendoit légèrement l'onde; les deux jeunes voyageurs paroissoient occupés l'un de l'autre et

se parler avec tendresse..... Saint-
Léon, malgré sa volonté de fuir,
pour ne pas être remarqué, ne put
s'empêcher de s'arrêter à contempler un moment cet aimable ta-
bleau.... C'est ainsi, disoit-il, que
le souffle de l'espérance nous fait
voguer sur le fleuve de la vie.......
Heureux amans ! car sans doute
vous l'êtes, puissiez vous éviter les
écueils et gagner le port sans éprouver d'orage!.... Cependant la barque
approchoit; Saint-Léon, qui remarquoit que les deux personnes
qui étoient dedans l'observoient, se
leva précipitamment, et s'enfuit
dans la forêt. Mais Charles l'avoit
reconnu; c'est Saint-Léon ! c'est
Saint-Léon! avoit-il dit à Elisabeth;
et il s'étoit jeté sur les rames pour
augmenter la vitesse de la barque.

Il prit terre auprès du saule , et marcha vers la ferme. Il n'y trouva que Mathurine ; il prétexta avoir besoin de se rafraîchir, et la bonne femme se hâta de lui servir tout ce qu'il demanda. Sans paroître trop empressé, il parla de la ferme, et s'informa des personnes qui l'habitoient.—Mon Dieu! il n'y a que moi, ma nièce et son homme , et puis le brave monsieur Edouard. ⁓ Edouard! dit Charles, à part, c'est bien lui : est-il ici en ce moment, monsieur Edouard? — Non, mon bon monsieur! il est sorti, et il rentre quelquefois bien tard. ⁓ Mais il demeure ici? ⁓ Oui, mon bon monsieur. Charles prit congé de Mathurine, et alla rejoindre Elisabeth. C'est lui, c'est lui, j'en suis assuré. Continuons notre prome-

nade, et arrangeons la reconnoissance. Chère Célestine, que tu vas
être heureuse! chère Elisabeth!
que je vais l'être moi-même. La
barque s'éloigna, et continua à
descendre l'Oise.

Célestine et Lydie arrivèrent
quelques momens après, et vinrent
s'asseoir sur le rocher. Elles s'en-
tretinrent de Saint-Léon; et Célestine éprouvoit, en regardant la devise écrite sur le saule, un battement de cœur encore plus vif que
la première fois. La scène qui l'entouroit sembloit faite pour exciter
sa sensibilité.... Le soleil se couchoit
derrière les arbres, dont les cimes
étoient dorées par ses derniers
rayons; les rossignols faisoient entendre leur chant mélodieux; le
parfum des fleurs du jardin de la

ferme s'exhaloit autour de Lydie et de Célestine. Le calme de l'onde laissoit s'y peindre l'azur du Ciel; la solitude majestueuse de la forêt imprimoit un caractère religieux à cette champêtre enceinte..... Tout-à-coup, des sons harmonieux se font entendre.... Entends-tu, Lydie, dit Célestine, dont le cœur battoit avec une émotion impossible à décrire....... Les sons continuent, et bientôt une belle voix d'homme, s'y marie..... Dieu ! dit Célestine, en prenant Lydie par la main, et l'entraînant vers le bosquet qui séparoit la prairie du jardin de la ferme..... La musique avoit cessé; Lydie et Célestine étoient attentives..... Les accords mélodieux recommencent, et immédiatement après un prélude qui rappeloit à Célestine un air bien

connu d'elle : la même voix chante
Célestine est une rose..... C'est lui!
s'écrie Célestine, en tombant évanouie sur le gazon. Lydie avoit sur
elle un flacon de sels ; elle fit revenir Célestine à elle-même ; chère
amie! remets-toi..... Oh je suis bien,
je suis bien à présent.... il est là....
Saint-Léon est là.... Oh mon Dieu!
je vous remercie !..... Lydie crai-
gnoit que Célestine ne s'abusât, et
cependant désiroit presque aussi
vivement qu'elle, que cette voix
fût celle de Saint-Léon. La nuit
venoit, Célestine ne pouvoit se
résoudre à s'éloigner. Nous vien-
drons demain, chère amie, lui dit
Lydie, et nous éclaircirons ce
mystère si important. Eh bien, oui,
demain, dit Célestine, avec tendresse, demain, Saint-Léon, de-

main tu reverras ton amie..... et ses
yeux jetoient un dernier regard
sur le bosquet de tilleuls. Elles convinrent, en se rendant à la barque,
qu'elles tairoient cette découverte
jusqu'au lendemain; qu'elles vien-
droient avec Jules et Charles à la
ferme. Charles étoit aussi convenu
avec Elisabeth de ne rien dire,
pour surprendre Célestine et Dorvigny, en les amenant à Belle-Ombre. Ils se rejoignirent et regagnè-
rent le château, sans se communiquer le mutuel événement de la
soirée. Mais il étoit décidé que le
mystère alloit être entièrement découvert. En entrant dans le salon ,
où étoient madame Dormonville et
madame Dorvigny, Charles et les
trois sœurs y trouvèrent le marquis
de Dreux. Un instant après, entrè-

rent Jules et monsieur Dormonville. Toutes les figures avoient une
expression qui ne leur étoit point
ordinaire, à l'exception des deux
mères. Célestine avoit un sentiment
de joie peint dans les yeux ; ils
avoient un si grand éclat, sa physionomie étoit tellement animée,
qu'elle avoit en ce moment quelque chose de divin. Lydie paroissoit réfléchir ; Elisabeth avoit un
petit air qui sembloit dire, oh que
je sais bien des choses! Dorvigny et
monsieur Dormonville paroissoient
contenir à peine un secret prêt à
leur échapper ; Charles affectoit un
air indifférent qui ne lui alloit pas
du tout; enfin, le marquis de Dreux,
sembloit avoir une grande nouvelle
à raconter. Mesdames, dit Jules,
monsieur Dormonville et moi nous

avons projeté d'aller déjeûner demain avec vous à la ferme de Belle-Ombre, qui est à une lieue d'ici, dans la forêt, sur le bord de l'Oise: c'est bien le plus charmant endroit!... consentez-vous à notre proposition? Volontiers, dirent les deux mères; très-volontiers, répondirent Lydie et Célestine, car, dit la première, nous avions l'intention de vous le demander; on ne peut plus volontiers, dirent Charles et Elisabeth; et je mène tout le monde dans mon canot, ajouta Charles, car je connois la ferme. Tu la connois! dit Jules; oui, je connois la ferme de Belle-Ombre, répondit Charles; et moi aussi, dit Célestine; et moi aussi, dit Lydie; et moi aussi, dit Elisabeth; parbleu, et moi aussi, dit le marquis de Dreux. Mais

voyons si nous connoissons également ce que cette ferme contient :

Je me suis trouvé au bourg de ˟˟˟;
j'ai vu passer une noce; les époux
étoient de la ferme de Belle-Ombre.
Il y avoit avec eux un grand jeune
homme, œil noir, sourcil noir,
nez bien fait, bouche vermeille,
superbe garçon. Ce jeune homme
demeure à la ferme de Belle-Ombre;
il se nomme Edouard, je crois que
c'est Saint-Léon.

A moi, dit Jules, Dorvigny : je
suis allé me promener ce soir avec
M. Dormonville, sur la route de
Compiègne ; nous avons vu venir un
gros garçon à cheval ; je l'ai reconnu
de suite pour celui qui nous a sauvé la vie avec Saint-Léon, sur la
route d'Orléans. M. Dormonville et
moi l'avons arrêté : n'êtes-vous pas

André , attaché à Saint-Léon ? —
Pourquoi cela?—Parce que je m'appelle Dorvigny, que je suis son ami
dès l'enfance, que je le cherche depuis quatre mois, pour lui donner la
main de ma sœur, et le rendre le
plus heureux des hommes. Monsieur, dit André, votre nom suffit :
mon maître est à la ferme de Belle-
Ombre, dans la forêt de Compiègne,
à une lieue d'ici ; c'est moi qui fais
valoir la ferme qu'il m'a donnée,
et où il m'a marié. Je viens de courir après vous jusqu'à Lyon ; mon
maître m'avoit envoyé savoir des
nouvelles de mademoiselle Célestine et de vous ; et moi j'allois vous
prier de faire cesser bien vîte les
tourmens de mon pauvre maître ,
qui, s'il n'épouse pas mademoiselle
votre sœur, en perdra l'esprit. André

est ici au château, et nous conduira demain à la ferme, pour y surprendre Saint-Léon.

A moi, dit Charles : j'étois dans le canot, avec mademoiselle Elisabeth ; nous avons passé devant la ferme de Belle - Ombre, et nous avons vu Saint-Léon, ce qui s'appelle vu.....

Pour moi, dit Célestine, j'ai été moins heureuse, mais je l'ai entendu.

Toute la famille étoit stupéfaite et dans le ravissement. Enfin, madame Dorvigny s'avança vers sa fille : chère Célestine ! lui dit-elle, en l'embrassant, ta mère te félicite de ton bonheur ; il ne manque plus rien au mien. Et aussitôt toute la famille s'empressa d'embrasser Célestine, et de lui faire ses compli-

mens. Son cœur ne pouvoit suffire
à la félicité qui l'enivroit; des larmes délicieuses couloient sur ses
joues, que les baisers de l'amitié
couvroient en ce moment. Le marquis de Dreux prenoit toute la part
d'une ame belle et sensible, à ce
spectacle touchant. Charles étoit
comme un fou; il se frottoit les
mains, il poursuivoit Elisabeth,
qui ne vouloit pas se laisser embrasser comme ça, devant tout le monde.
Allons, lui disoit-il, ma petite madame Robinson, voilà la noce qui
s'apprête...... Jules Dorvigny demanda que l'on s'occupât de suite
de la fête du lendemain. Corbleu !
beau-père, dit Charles, à monsieur
Dormonville, il faut que ce soit
beau; rien n'y manquera, dit celui-ci; j'y serai donc pour quelque

chose, reprit Charles, en lui serrant la main. Vous saurez cela demain, dit monsieur Dormonville; et secondé de sa femme et de madame Dorvigny, il alla donner les ordres nécessaires pour le lendemain, pendant que les jeunes gens et le marquis de Dreux arrangeoient le voyage à Belle-Ombre. Le génie du bonheur couvroit de ses ailes le château de Dormonville; la joie y étoit générale. On fit venir le bon André dans le salon; aussitôt qu'il entra, il alla droit à Célestine, qui étoit entre Lydie et Elisabeth; et lui fit un compliment point mal tourné, dans son nom et dans celui de sa femme Jaquette. Vous connoissez donc ma sœur? dit Charles.—Non, monsieur; mais j'en ai entendu faire si souvent le portrait

par mon maître, que je ne pouvois
pas m'y tromper ; on lui fit mille
questions sur Saint-Léon; on écoutoit avidement ce qu'il en racontoit, et l'on convint de la manière
dont on se rendroit avec lui le lendemain à la ferme.

Le lendemain étoit un dimanche.
Un beau jour sembla vouloir fa-
voriser la fête de l'amour et de l'a-
mitié. Charles avoit été nommé le
chef pour tout ce qui devoit se
passer à la ferme. Le marquis de
Dreux avoit la direction des dispositions à faire au château, et devoit y rester pour préparer ce qui
étoit nécessaire, pendant l'absence
de toute la famille. M. Dormonville avoit expédié ses domestiques
avec ses ordres, dès le soir de la
veille.

Charles avoit fait disposer deux

bateaux. Quatre rameurs étoient
à chaque barque, habillés en blanc,
avec des ceintures bleu de ciel et
des rubans de même couleur à leur
chapeau. Le lien où étoit passée
la rame étoit couvert d'une guirlande de fleurs; autour de chaque
bateau régnoit un feston de feuillage
et de roses, et tout autour du mât
il y avoit une pareille guirlande.
Un tapis bleu de ciel couvroit l'intérieur et les bords du bateau, à
l'endroit où devoient s'asseoir ceux
qui seroient dedans, et au-dessus
étoit tendue une voile incarnat.

Charles avoit décidé que Célestine seroit vêtue tout en blanc, avec
le costume de la Galatée de Pyg-
malion. Lydie et Elizabeth devoient
être couronnées de roses, et dans
un costume de nymphe. Pour lui
il avoit pris un uniforme de ma-

rine , et avoit fait mettre à ses domestiques , l'un du Mogol et l'autre
de l'Afrique, les costumes de leurs
pays. Tout fut prêt à l'heure convenue, neuf heures du matin. Célestine en Galatée, étoit éblouissante; sa blancheur se confondoit
presque avec celle de son élégant
vêtement : les roses de ses joues et
la couleur vermeille de ses lèvres
interrompoient seules les lys qui
sembloient la couvrir. Les trois
sœurs , qui, sans fiction, étoient les
trois Graces, et Charles avec les deux
domestiques, allèrent dans le premier bateau. Les deux mères, M.
Dormonville, Dorvigny et André
étoient dans le second. On suivit
le bord de la forêt, et l'on s'arrêta
un peu avant d'arriver à la petite
prairie. André devoit ensuite conduire l'aimable troupe dans le

bosquet de tilleuls, par un petit
sentier qui s'ouvroit passage à travers la haie. André savoit que Saint-
Léon ne se rendoit dans le bosquet
qu'après avoir fait sa toilette et dé-
jeûné, et qu'il n'y seroit pas avant
onze heures. Plus on approchoit du
terme, plus Célestine étoit émue...
Cette pensée, je vais le revoir... la
faisoit tressaillir. L'heureux Saint-
Léon ne se doutoit pas de la félicité qui s'approchoit pour lui : cependant il avoit eu des songes qui
l'avoient charmé. Il avoit vu Célestine, vêtue en blanc, qui le prenoit par la main, le conduisoit
au vieux saule, et gravoit un autre
cœur à côté du sien, en effaçant la
première devise, *il brûle seul et
sans espoir*, pour y mettre cell-ci :
ils brûlent deux, et pour toujours.
Le charmant rêve, avoit-il dit en

s'éveillant, et son cœur en avoit
gardé l'impression... Oui, Célestine,
je te reverrai; oui, quelque chose
m'assure que je ne t'ai pas per-
due pour toujours. Espoir délicieux! tu répands dans tout mon
être un sentiment de bonheur dont
je ne me croyois plus susceptible.
Non, tu ne peux être une chimère.
Célestine, je te reverrai! Ces idées
avoient mis dans son esprit un calme
qu'il ne goûtoit pas ordinairement.
Il fit sa toilette en répétant, Célestine, je te reverrai; et il lui prit
fantaisie de s'habiller comme s'il
devoit la revoir. Il se costuma donc
très-élégamment, et lorsqu'après un
léger déjeûner, il se rendit dans le
jardin, il avoit plutôt l'air de se
rendre à un bal, que d'aller chercher la solitude. Aussitôt qu'on
lui entendit ouvrir la porte du

jardin, le trouble se mit dans la
troupe qui étoit cachée sous les tilleuls. Dorvigny vouloit courir au
devant de lui, et le serrer dans ses
bras; Charles eut de la peine à le
contenir, Célestine appuyée sur
Lydie, étoit émue au point de lui
faire craindre qu'elle perdît l'usage
de ses sens ; enfin Charles parvint
à placer son monde comme il le
vouloit.

Le mystère qui avoit enveloppé
la retraite de Saint-Léon n'étoit
plus. A travers le feuillage les yeux
qui s'intéressoient si vivement à
lui, le voyoient avec impatience
marcher lentement, et s'arrêter
souvent... Il tenoit le médaillon
où étoit renfermée la boucle de cheveux de Célestine, et qui étoit passé
autour de son cou; il le portoit à
ses lèvres, et en entrant dans le bos-

quet, il répétoit les paroles qu'il avoit adressées à Célestine en recevant ce don... aimable enfant! Saint-Léon ne vivra que pour toi... Il étoit dans le bosquet, il s'approchoit du piédestal... un bruit léger lui fait lever les yeux. Oh ciel! s'écrie-t-il, et il reste comme pétrifié... Célestine placée sur le piédestal, tenant une guirlande de myrte et de roses, est devant lui... Un instant il croit que c'est une illusion; mais deux larmes s'échappent des yeux de Célestine...son sein s'élève comme une mer agitée; elle chancelle, elle tombe, et Saint-Léon qui s'élance, la reçoit dans ses bras. Célestine! Célestine! s'écrie-t-il, ce n'est point un songe, c'est toi! c'est bien toi! Au même instant Dorvigny se précipite vers lui et l'embrasse; Lydie, Elisabeth, paroissent tenant

des guirlandes de fleurs, dont elles
entourent Saint-Léon et Célestine,
qui rouvroit ses beaux yeux. Madame Dorvigny, madame Dormonville et M. Dormonville s'avancent
aussi... Saint-Léon, cher ami, te
voilà rendu à nos vœux, disoit Dorvigny ; vois le cercle d'amis qui est
auprès de toi; il n'en est aucun pour
qui cet instant ne soit un des plus
beaux de sa vie. Ah! mon ami, disoit Saint-Léon, comment puis-je
soutenir tant de bonheur ! Mais
Célestine, bonne Célestine, savez-
vous tous mes malheurs, savez-vous
que ma ruine... Eh! ne suis-je pas
là, corbleu! dit Charles, en lui tapant
sur l'épaule, et se tenant fièrement
entre son Africain et son Indien.
Saint-Léon se retourne, le regarde,
s'écrie, Charles! et tombe dans ses

bras... Après tant de souffrances , le
moment du bonheur étoit venu.
On embrasse Saint-Léon; madame
Dorvigny l'appelle son cher fils;
Lydie le nomme son frère; M. et
madame Dormonville lui donnent
le titre de leur plus cher ami. André sanglottoit dans un coin ; Saint-
Léon l'aperçoit : et toi aussi, mon
bon André, tu as voulu contribuer
à mon bonheur. Allons, allons, dit
Charles, la reconnoissance est faite,
on nous attend pour déjeûner; il
ouvre une porte qui donnoit sur
la prairie, et l'on voit une jolie
tente sous laquelle le déjeûner étoit
servi. Saint-Léon , tenant Célestine
sous un bras, et l'autre passé autour de Dorvigny, éprouvoit toute
la félicité que peut sentir un mortel.
Le ciel m'avoit envoyé un pressentiment de mon bonheur , leur di

soit-il ; mais ce bonheur surpasse
tout ce que je pouvois imaginer.
Célestine ! Dorvigny ! mon amour ,
mon amitié, pourront-ils jamais m'ac-
quitter envers vous ! Le banquet fut
animé par la plus douce joie. Célestine, placée près de Saint-Léon , lui
racontoit naïvement le chagrin que
lui avoit causé son absence , et le
plaisir qu'elle avoit ressenti, quand
elle avoit reconnu sa voix. Jamais
deux cœurs ne s'entendirent mieux
qu'en ce moment ceux de Saint-
Léon et de Célestine. Dorvigny, au
comble de la joie, se croyoit au jour
de ses fiançailles avec Lydie; Charles, placé près d'Elisabeth, étoit de
la gaieté la plus tendre avec elle et
la plus aimable avec les autres. Pendant que Saint-Léon apprenoit de
Dorvigny ce qui avoit suivi son départ de Paris, et promenoit Céles-

tine dans le jardin de la ferme, sous le berceau de tilleuls, auprès du vieux saule, Charles organisoit les préparatifs du départ. Jaquette avoit aperçu André au milieu du désordre, des baisers et de la reconnoissance; elle étoit venue s'y mêler, en embrassant les grosses joues d'André qui lui avoit raconté le bonheur du brave Edouard. La bonne Mathurine étoit venue aussi voir ce que tout cela signifioit, et quand elle en fut instruite : oh! mon dieu, disoit-elle, vous êtes juste; ce bon monsieur Edouard méritoit ça. Bonne femme, lui dit Charles, qui l'aperçut avec André et Jaquette, fermez votre porte et venez avec nous. Allons, André embarque !

On fit les préparatifs du départ. Un troisième bateau qui étoit venu, chargé de provisions de bouche,

resta pour enlever la tente et les
divers objets que l'on avoit appor-
tés. Saint-Léon entra dans le bateau
de Célestine; Mathurine et Jaquette
se mirent dans celui de Dorvigny;
Charles donna le signal du départ,
et l'on fendit les ondes limpides de
l'Oise. Chère Célestine, disoit Saiut-
Léon, nous reviendrons à cette ferme, où je viens d'être si heureux;
ce petit coin de terre est sacré pour
moi.

On arrive au château. Le marquis
de Dreux avoit bien employé tous
les momens : la jeunesse des villages voisins, en habits de fêtes, placée sur le passage des amants, fit
pleuvoir sur eux des nuages de
fleurs. A peine étoient-ils entrés dans
le château, qu'ils furent accueillis
par une société choisie, composée
de la noblesse et des personnes les

plus distinguées des environs. Le
frère et la sœur de monsieur Dormonville y étoient. Mais ce qui mit
le comble à la joie de Saint-Léon,
fut d'apercevoir un notaire dans
le grand salon du château. Aussitôt
que les compliments et les félicita-
tions eurent été achevés, madame
Dorvigny et monsieur Dormonville
allèrent s'entretenir avec le notaire.
On fit un moment de silence. Dorvigny conduisit sa sœur auprès de
sa mère, vint ensuite chercher
Saint-Léon, et madame Dorvigny,
prenant la main de Célestine, la
donna à Saint-Léon, en lui disant:
mon ami, je vous donne ma fille;
faites son bonheur, comme dans ce
moment, cette union fait le mien.
Ah! madame, dit Saint-Léon, hors
de lui, je le jure, et mon cœur
tiendra ce serment jusqu'au dernier

moment de ma vie. Monsieur, dit
le notaire, en s'adressant à Saint-
Léon, voici votre contrat; monsieur
Jules Dorvigny m'en a dicté ce
matin les articles. Cela vaut mieux
que moi-même, monsieur, répondit Saint-Léon, en signant, et en
faisant signer Célestine. Aussitôt
que celle-ci eut écrit son nom,
Saint-Léon la prit dans ses bras, et
lui donna un baiser, en s'écriant,
vous êtes à moi, Célestine! mon
bonheur commence pour ne plus
finir qu'avec moi.

Madame Dormonville étoit placée de l'autre côté, ayant Elisabeth
auprès d'elle, qui tenóit les yeux
baissés. Monsieur Dormonville prenant Charles par la main, l'amena
à sa femme : ma chère amie, lui
dit-il, Saint-Léon est trouvé; tu
connois mon engagement avec

Charles.... Oui, dit madame Dormonville, et malgré la jeunesse de
ma fille, je crois ne pouvoir trop
me presser de lui donner un aussi
bon époux. Grand merci, répondit
Charles, en recevant la main d'Elisabeth ; grand merci. Corbleu! je
vous réponds que je justifierai la
bonne opinion que vous avez de
moi. Allons, signons ; et déjà il avoit
mis sa signature sur le contrat, et
faisoit signer Elisabeth. Eh bien,
ma chère petite femme, lui dit-il,
en l'embrassant, l'île de Robinson
ne sera plus déserte.

Cette double union sembla augmenter encore l'allégresse. Le duc
de *** arriva pour y prendre part,
et resta au château, les huit jours
que la célébration du mariage fut
différée. Ce beau jour arriva. L'heureux Saint-Léon posséda enfin Cé-

lestine, et Charles s'unit à Elisabeth. La fête qui célébra ce jour fortuné, répondit à l'intérêt qu'y prenoit monsieur Dormonville.

Ici finit ce que j'ai voulu raconter de l'histoire des deux amis. J'ajouterai, pour les lecteurs qui s'y intéresseront, que cette famille a été constamment heureuse: Saint-Léon, rentré dans les biens que Dorvigny lui avoit sauvés, est devenu aussi sage que Jules, et n'a pas cessé un moment d'adorer Célestine. Charles s'est établi entre Toulouse et Lyon, dans une propriété charmante. Les trois frères se visitent souvent, et se réunissent une fois chaque année, au château de Dormonville. Célestine, Lydie et Elisabeth sont toujours l'ornement de leur sexe, par leurs attraits, par leurs vertus; et sont les plus heureuses des épou-

ses. La ferme de Belle-Ombre, considérablement accrue, a fait d'André un riche laboureur, que la famille ne manque point d'aller visiter quand elle est réunie au château. Le marquis de Dreux en est
resté l'ami constant. Ce cercle d'ê-
tres réunis par la tendresse la plus
sincère et la plus vive, s'est agran-
di. Les trois mariages ont été fé-
conds, et leurs aimables rejetons,
à l'exemple de ceux qui leur ont
donné le jour, sont destinés à resserrer encore entre eux les liems de
l'amour et de l'amitié.

F I N.

www.ingramcontent.com/pod-product-compliance
Lightning Source LLC
Chambersburg PA
CBHW061449030726
47503CB00005B/1628